O CONTORNO DO SOL

Natália Nami

O CONTORNO DO SOL

Copyright © 2009 by Natália Nami

Direitos desta edição reservados à
EDITORA ROCCO LTDA.
Av. Presidente Wilson, 231 – 8º andar
20030-021 – Rio de Janeiro, RJ
Tel.: (21) 3525-2000 – Fax: (21) 3525-2001
rocco@rocco.com.br
www.rocco.com.br

Printed in Brazil/Impresso no Brasil

preparação de originais
SÔNIA PEÇANHA

CIP-Brasil. Catalogação-na-fonte.
Sindicato Nacional dos Editores de Livros, RJ.

N163c	Nami, Natália
	O contorno do sol / Natália Nami.
	– Rio de Janeiro: Rocco, 2009
	ISBN 978-85-325-2440-9
	1. Romance brasileiro. I. Título.
09-1714	CDD-869.93
	CDU-821.134.3(81)-3

Para minha mãe, Angela

1

O ônibus. Iria passar e não me levaria com ele, eu sabia. Eu tinha certeza. Minha boca abriu-se na preparação de um grito, "Motorista!", porém meus lábios foram ficando gelados, como se o suor e a saliva os trancassem um no outro. Como trava de um baú. Ou de um caixão.

Perder aquele ônibus era como morrer.

Saí correndo em sua direção, pelas ruas deslizantes de chuva, pelos reflexos esverdeados dos semáforos sobre as poças, os reflexos vermelhos – minhas pernas estavam duras; os avermelhados das poças seriam meu sangue esvaziado do corpo? Eu precisava entrar, precisava ser parte daquela bolha e flutuar sobre quatro rodas pela avenida; por que ele não havia parado? Por que me largara ali?

– Motorista! – bradei, como um animal solitário. Talvez fosse o vento, talvez o motor brutal, mas o fato é que ninguém ouviu, além de mim. Experimentei gritar outra vez, sacudi o guarda-chuva, que não se mantinha aberto por causa do vendaval, em direção à máquina que me fugia, acenei, pulei com as forças que me restavam. Os outros passageiros poderiam voltar os olhos, perceber que uma integrante da viagem tinha ficado para trás. Mas ninguém se mexia, talvez dormissem, era tarde, muito tarde.

Para onde iriam? Continuei a correr, e, no entanto, eles se distanciavam, como se o ônibus fosse um carretel desenrolando a linha que não desejava mais. A linha desnecessária.

De repente, porém, ele parou. Seria um sinal? Ou talvez um passageiro, que devia estar parado no ponto certo; sim, era alguém que acenara e fora atendido. Recobrei as esperanças: eu poderia seguir viagem. Cheguei ao ponto, ofegante, sorri para o velho que tinha erguido a mão no ar pontiagudo da noite e lhe expliquei:

– Não posso perder esse ônibus!

Ele sorriu também. Mas naquele instante em que estávamos os dois à espera, diante da porta aberta em dois flancos, avistei a sombra em seus olhos e compreendi: somente ele iria. Assisti à entrada do viajante derradeiro, olhei chorando para o motorista, que acionou o botão de fechar as portas, pisou no acelerador e disse, em meio ao ruído enfumaçado do motor:

– Não tem mais lugar, moça! Está lotado.

Minhas pernas afundaram-se no chão enlameado como duas raízes, senti meu corpo enrijecer. Com uma das mãos continuei segurando o guarda-chuva, rasgado e inútil, e com a outra apalpei meus bolsos encharcados, ergui um pedaço de papel impresso irreconhecível, fiquei balançando-o sob a luz de cimento do poste:

– Eu tinha a passagem! Eu tinha a passagem!

O motorista, entretanto, não escutou, e nem poderia ouvir mais nada; o ônibus atravessava a ponte e desaparecia no contorno enevoado da cidade.

Olhei para os lados e não vi ninguém. Os prédios tinham-se derretido no meio-fio, as estradas eram fossos, e não sobrara nada além das árvores negras. Gritei mas minha voz soterrou-se nos pulmões, todos os berros eram sussurros roucos, inaudíveis.

Acordei com respingos nas pernas. Uma chuva súbita escorria pela janela onde na véspera algumas estrelas tinham aparecido; era o primeiro engodo do dia. Levantei e fui procurar um cigarro. Depois do café anotaria o sonho; se fosse nos tempos de terapia, poderia ter sido útil numa sessão com Doralice. "Talvez, se eu conseguisse juntar os sonhos, como numa colcha de retalhos!...", eu costumava sugerir quando ela estava de bom humor. Mas a doutora fingia não escutar, voltava ao assunto de começar com os remédios, uns comprimidos minúsculos e caríssimos.

Acendi a luz do quarto, procurei um cinzeiro e desatarraxei a tampa da garrafa térmica; havia ainda café embaixo da cama. Minha cabeça doía; afastei para o canto da mesa de cabeceira o papel amarfanhado da véspera, "Cara Flávia": depois, reler depois. Agora eu mirava o fundo redondo e úmido da garrafa para que aterrissasse na escrita também redonda; calculada. A cilíndrica mancha de café impondo-se sobre a carta agora indefesa.

Levantei-me e fui pegar a caixinha de analgésicos, deixei juntar saliva e engoli dois de uma vez; depois sentei na cama e me servi de café. Quando o primeiro gole chegou macio e quente à minha língua, a campainha tocou.

2

As pancadas na porta foram ficando insuportáveis. Quis gritar, "Me deixem em paz!", mas me revesti da normalidade dos seres que entram num sanitário apenas por motivos fisiológicos e empurrei o botão da descarga.

Eu tinha que sair dali para o mundo dos outros. Voltar ao salão de luzes que piscavam num frenesi de estupro; aquelas luzes iriam me cegar, as pancadas dos alto-falantes só não eram piores que as da porta. Eu não queria abrir a porta.

– Até que enfim.

Olhei para a mulher que encabeçava a fila. Falou quase cuspindo no meu rosto, senti de perto os cheiros de cachaça e almíscar. Abaixei a cabeça e fui lavar as mãos; agora às culpas anteriores acrescentava-se mais essa: eu tinha ocupado o toalete por mais de quinze minutos, e só quando saí percebi que quase todos os outros estavam interditados.

Abri a torneira e olhei-as. Às mulheres do banheiro. Dei com uma me encarando através de um túnel de rímel. Desviei o olhar para o espelho. Trocaria de boa vontade aquele meu rosto de traços suaves por qualquer um da fila. Contanto que levassem junto minha cabeça. Eu podia ser a mulher empelotada de rímel e rugas mal esticadas. Não me importaria. Por baixo da cortina de meus cabelos, ferviam os magmas do inferno.

Lavei o rosto e saí do banheiro.

Por que estava me lembrando daquela noite? Fechei os olhos e tomei o resto do café, abri de novo a garrafa térmica, havia um pouco, despejei dentro da xícara.

Tinha sido há tanto tempo. A noite na discoteca com as amigas. Tinha sido antes de Doralice, antes. Do desenhista. Antes de tudo. Talvez tivesse sido a campainha. Mas eu não tinha pressa de atender.

Lavei o rosto, saí do banheiro e voltei ao salão. Enquanto meu corpo dançava, a fábrica subterrânea produzia sem trégua. Eu tinha ficado quanto tempo lá dentro?

— Flávia, está tudo bem? Você está pálida.

Respondi que sim, estava tudo bem. Continuei dançando. Lembro que dei um sorriso para Ana; era boa gente a Ana, fizera o primeiro ano de arquitetura comigo. O único que fiz. Continuei sorrindo: ninguém poderia imaginar que eu tinha me enfiado num cubículo cheirando a urina para pensar.

Elas dançavam. E falavam em homens, bebiam. E eu tinha ficado no banheiro, seca como uma árvore podre, porque precisava pensar. Foi a primeira vez em que tive certeza: eu estava enlouquecendo! E era um processo solitário, aquele de enlouquecer. Olhei para meus pés soltos na pista de dança; eu usava sapatos novos aquela noite e lembro que tinham as pontas lustrosas, refletiam o carrossel de luzes. Ana pôs a mão em meu ombro, senti como se voltasse à vida, ela sussurrou em meu ouvido:

— Ele está aqui!

Devolvi-lhe o sorriso, olhei para além das colunas da pista de dança e vi a varanda que rodeava os quatro lados do salão; havia muita gente entre as árvores frias. Casais beijavam-se atrás de arbustos floridos, um cheiro adocicado misturava-se à neblina: alguém fumava maconha nos jardins do clube. Quem estava ali? Lembrei-me e sussurrei de volta a Ana:

— Eu não quero ficar com o seu primo, não. Diz a ele que estou namorando.

— E você está?

Olhei para ela com um risinho que prometia contar tudo depois, e ela não me perguntou mais nada; nos entendíamos bem. Quis aproveitar aquele mesmo riso torto e lhe segredar, "Escuta, Ana, estou ficando louca, você quer continuar sendo minha amiga mesmo assim?", mas, em vez de confessar, pedi a ela para ir comigo ao caixa, beberíamos mais uma cerveja. Estava frio, lembro que ela observou, "não seria melhor um chocolate quente?". Ana preocupava-se comigo, sabia que eu estava me tornando uma alcoólatra. Dezenove anos e já dependente! Mas eu iria parar, levaria uma vida saudável, arrumaria um emprego.

No caminho até o caixa, as vozes foram me seguindo. Assassina, eu era uma assassina!

– Pede logo a cerveja, Ana!

Mas por que isso agora, por que a culpa pesando como um enforcamento? Eu tinha dezenove anos, podia sair com quem quisesse, e ademais eu não havia tido a intenção. De esvaziar-me. Tivera relações com um estranho, era verdade; eu mal conhecia o novo colega do curso de oratória – tinha resolvido estudar oratória. Três meses atrás. E tínhamos bebido, os dois. Depois, aquele sangue todo se vertendo no vaso sanitário – o alívio.

– Me espera no salão, Ana, já venho, é um instantinho só.

Voltei ao banheiro do clube, tranquei a porta. Minha cabeça iria arrebentar, como seria? Não era só o filho expelido, havia mais, havia aquelas lembranças, mas lembranças que não conseguiam ser lembradas não podiam levar o nome de lembranças; era uma questão de lógica, ou de etimologia: *lembrança, lembrar, nembrar, memorare*.

– O sangue de Jesus tem poder – lembro que invoquei baixinho, com a cara encostada à porta. Eu tinha tomado o que mesmo? Por acaso. Licor de artemísia, uísque, café com gengibre. E bebera por acaso o chá de cáscara-sagrada, tia Rose falava que mulher quando queria "pôr pra fora" usava esse chá, mas eu tinha bebido porque andava com prisão de ventre, bebera muito, sabia que podia ter efeitos colaterais, desejei? E se tivesse desejado, a culpa era de quem? Pois havia ele também, o sêmen: vi os restos daquela noite de vinhos baratos, vi as manchas no sofá, o corpo nu que se oferecia ébrio e volátil e que percebi com espanto que era o meu.

Levei a mão à boca, tentando reter a náusea que subia num jorro. As mulheres do banheiro começaram novamente a profanar minha porta. As batidas. A cabeça dilacerando-se aos poucos. O que era essa outra culpa, de onde vinha? A sensação antiga. Mas se eu era apenas uma criança — além do mais as memórias daquele tempo não poderiam voltar exatas, havia os exageros. A confusão.

Alguém gritou do lado de fora: eu precisava sair ou a mulher iria mijar em cima da minha cabeça. Abri os olhos, toquei o botão da descarga, e um líquido viscoso colou-se a meus dedos. No chão os papéis embolavam-se, sujos de urina, menstruação e batom. Suspendi o trinco, empurrei a porta. Eu estava num clube e iria dançar. Voltei à pia, aparei a água com a concha das mãos, joguei no rosto repetidas vezes, fiquei falando para dentro: "Está tudo bem, Flávia, é apenas medo."

E vai passar, eu disse para mim e levantei o rosto encharcado. Encontrei no espelho os olhos duros, as fendas. A náusea recomeçou.

Não sei por que me demorava tanto tempo ali, sentada na cama. O café esfriando, o cigarro escurecido no cinzeiro, a campainha. A carta.

Precisava me levantar e levantaria, mas de repente pensei em Doralice.

3

De repente apareceu um urso!
— Na infância minha mãe contava histórias e, apesar de ser eu a mais nova das três filhas, era a que ia dormir mais tarde. Porque queria ouvi-las até o fim, e era como se eu soubesse que não iriam durar. Aquelas histórias.
— Conta mais, mãe.
Ela olhava para baixo e coçava minha cabeça. Com os dedos leves de pianista, sonoros; era bom sentir aqueles dedos sobre minha cabeça.
Ela fingia levar um susto e se levantava da poltrona num salto, apontava o relógio da sala.
— Seu pai já foi dormir! Todo o mundo já foi dormir!
— E o urso? — eu queria saber, com os olhos úmidos.
Meu pai dizia, lembro claramente que ele dizia que eu dava trabalho mas acabaria virando artista. Eu gostava, porque me dava um calor felpudo no estômago imaginar-me na televisão. Um dia, contudo, meu pai explicou que eu não viraria artista de televisão:
— Você gosta de ouvir histórias, vai ser escritora.

Doralice prometera ler alguns trechos de meus cadernos; eu havia comentado com ela que talvez muitos progressos fossem feitos em nosso trabalho de terapia se o material de meus diários fosse aproveitado. Ponderei que havia menos censura no que escrevia do que em minha fala, e Doralice naquele momento deu um bocejo. Sei que uma coisa não tem que ver com outra, que bocejar é um ato puramente orgânico, mas fiquei cismada. Em todo caso ofereci; cheguei até a falar de novo ao final de uma sessão:

– A propósito, Doralice, tem um trechinho ou outro nos meus escritos que poderia ser útil...

Ela mostrou-se um nadinha impaciente, "Flávia, você já disse isto", e depois puxou outro assunto, não me lembro qual. Por essa época eu já estava com o desenhista, mas Doralice evitava falar sobre ele.

– Não podemos ficar só na sua área afetiva, me fale de sua infância, seu passado. Seus pais eram severos com você?

Passávamos horas e horas à toa, sobre a areia das praias, ou deitados no divã de seu quarto. Dele, do desenhista. Eu queria falar sobre ele com Doralice, queria contar-lhe dos sonhos. Mas ela recomendava que eu focasse a terapia em mim mesma, não em meus homens.

– Eu sei de tudo, Doralice, mas outra noite tive um sonho, um sonho até interessante...

– Lá vem você.

Ela então pormenorizava os benefícios dos remédios, quando eu começasse a tomar repararia que até os pesadelos diminuiriam.

— Mas não são pesadelos, quer dizer, você está certa, Doralice, alguns até são sim. Mas o de ontem foi um sonho revelador, tinha algo da personalidade do desenhista.
— Como ele apareceu no sonho?
— Ele era um urso.
Nesse momento percebi que a doutora havia prendido uma risada. Quis rir junto com ela, mas me lembrei das histórias que minha mãe contava, cheguei a sentir o cheiro do bordado que ela fazia na sala, um odor de tecido velho, de linhas acariciando agulhas, fui sem querer trazendo aquelas velharias à memória e senti vontade de morrer. Doralice pôs a mão na boca, eu pus também, mas foi para tentar conter a náusea.

E não sei por que ainda me demorava tanto sobre a cama.
Hoje era um dia como outro qualquer, e a campainha já tinha soado duas vezes.
Eu queria que fosse o desenhista a pessoa que estava lá embaixo, mas o desenhista jamais tocaria a campainha com aquela impaciência. Além disso, não era possível que meu visitante fosse o desenhista. Não agora. Não mais.
Acima de tudo — de meu desejo de abrir a porta, dar com a camiseta branca puída do desenhista bem à minha frente e atirar-me sobre ele para que me capturasse num abraço — acima de meu desejo estava o inadiável da convicção: eu sabia quem estava lá embaixo. Sabia quem tocava a campainha, ou antes: não sabia quem me aguardava, porém sabia o quê.

Era meio-dia em ponto: olhei e vi no relógio redondo e liso sobre a brancura da parede do quarto. Afastei a xícara fria de café, empurrei o pires de encontro à carta amassada, e levantei-me como se minhas carnes se descolassem do lençol e pingassem sangue.

Caminhei em direção à escada. Dali a alguns segundos eu estaria diante da porta, e a abriria.

4

Minha avó olhou para mim desconfiada: onde é que eu ia, assim toda arrumadinha, com o cabelo encharcado cheirando a camomila? E logo cedo!
— Vou trabalhar, vó — expliquei, pegando uma maçã da fruteira de prata.
Não a encarei, mas percebi que os olhinhos pretos estavam ainda menores, líquidos de felicidade. A neta rebelde finalmente dobrava-se a favor do vento: a missão estava cumprida.
— Seu avô ia ficar tão feliz...
Meu avô, meus pais; todos ficariam extasiados — se ao menos estivessem vivos!
— Não me espere para jantar não, vou sair com um amigo.
— Aquele advogado? — ela arriscou, esperançosa.
— Ele mesmo.
Mas já não era Pedro Paulo, o promotor de justiça que me levava em casa no carro importado vermelho-metálico. Era o desenhista. Quis, no entanto, poupar os

nervos octogenários, e não contei a ela que estava saindo com um homem pobre. Um artista!

— Consegui o emprego na fábrica, temos que comemorar, vó!

— Minha neta, uma executiva! — ela chorou de uma vez, ficando na ponta dos pés e me abraçando. Senti a lã de seu casaco aquecendo um instante o molhado de minhas costas; não tinha tido tempo de secar os cabelos.

— Vai com calma, sou só a secretária da secretária. Vou atender telefone, coar café, essas coisas — esclareci, dando uma dentada na maçã, que escorreu e borrou meu batom.

Não havia mágoa — nem por haver abandonado a faculdade de arquitetura, que meu avô pagara com o dinheiro da aposentadoria, nem pelas mesadas desbaratadas em festas e bebidas. Aquela manhã era um recomeço, e minha avó estava orgulhosa de mim.

— Vai com Deus, minha filha.

Lembro que fiquei pensando, ao acenar para ela já do portão, o que minha mãe diria se me visse assim, indo para o primeiro dia de trabalho com a cabeça vazia e uma fruta nas mãos. Bati o portão e fui em direção ao ponto de ônibus, era preciso andar sempre em frente. "Você vai ser coisa na vida, Flávia", minha mãe dizia, com a cabeça virada para mim e as mãos fazendo seu balé independente, ininterrupto. Ela tocava o piano sem olhar um instante sequer para o teclado. Eu ficava na almofada ao lado, desenhando histórias em quadrinhos, mas pensando na partitura sobre a madeira perfumada; ao menor sinal de sua cabeça, eu levantava e corria para o piano, esticava rápida as mãos e virava a página cheia de hastes e bolas que eram como um dialeto impenetrável.

— Daqui a pouco você mesma já vai saber a hora de virar a página, vai aprender a ler partituras e ser uma grande pianista! — ela me avisou, sorrindo por cima do Chopin que reverberava pela sala, as notas superpondo-se como bolhas de sabão sopradas ligeiras, frenéticas.

Olhei para ela, estupefata. Então eu também aprenderia a tocar assim? Voltei a meus rabiscos, ficava muito inspirada quando passava as manhãs escutando o piano, era tão bom estar de férias!

— Vou te ensinar tudo o que sei, Flávia, mas primeiro você precisa ficar bem boazinha na escola, passar de ano com notas altas, sem receber mais aqueles bilhetinhos da professora!

Eu prometia melhorar; gostava de aprender mas o lado de fora da janela era tão mais atraente! Perdia-me olhando para o parquinho, os balanços vazios de crianças, desperdiçados, aguardando a hora do recreio que não chegava nunca. Às vezes, um felizardo saía mais cedo e galgava as escadinhas do escorregador com a sofreguidão de um náufrago: eu saboreava em silêncio o momento da descida, o corpo deslizando pelo brinquedo, exposto à quentura do dia; era cruel ficarmos presos ali hora após hora e termos apenas alguns minutos de prazer. Acho que meus olhos se fechavam nessas divagações, pois a professora aparecia num susto, esfregava a cartilha fechada sobre o tampo da mesa:

– Está dormindo, Flávia Maria? Pois me diga quanto são oito vezes nove.

Meu pai reclamava que minha mãe me protegia demais, as filhas mais velhas já estavam encaminhadas, eram aplicadas e responsáveis. Maria Célia, doze anos mais velha do que eu, estagiava num colégio da prefeitura, e a do meio, Cristina, tinha jeito para a dança: além de ter passado com destaque nos vestibulares de universidades públicas, havia sido aprovada para ser uma das bailarinas do corpo de baile do Teatro Municipal. Morávamos no subúrbio, a uma hora do centro do Rio de Janeiro.

– Ela é pequenininha, Oliveira – minha mãe me defendia, segurando com força minha mão. Sentindo o calor de seus dedos amparar os meus, trêmulos, só então eu tomava coragem e olhava para cima, de onde meu pai me encarava, com a testa franzida.

– Vamos ali na padaria, Oliveira, já voltamos – ela anunciava, nós duas já do lado de fora da porta.

Eu descia as escadas correndo, sem olhar para trás. Sabia que minha mãe me compraria o picolé de uva e que juntas contaríamos os automóveis da praça – havia uma praça de árvores discretas no centro do quarteirão, com a padaria e um açougue, todos oferecendo-se a nossa casa de parapeitos floridos e escadarias de pedra. Minha mãe ajeitava meus cabelos, com os dedos ágeis, limpava o escorrido da uva:

– Seu pai só quer seu bem, Flávia, ele fala assim porque gosta muito de você.

Não lembro quantas horas fiquei andando de um escritório para outro, tentando disfarçar o quanto estava despreparada para aquele primeiro emprego. Não sabia o que dizer nos telefonemas, que se multiplicavam em zumbidos por todas as mesas, derrubei café na escrivaninha de um de meus chefes, e quase desistiram de mim quando me pegaram fumando na despensa. Mas à noite eu me encontraria com o desenhista, lhe contaria sobre meus desastres, esqueceria as horas sob as cobertas indianas do divã. De lá ligaria para vovó explicando o contratempo: "Estou na casa da Roberta, ela está deprimida, vou dormir aqui." O desenhista divertia-se com minhas mentiras, "Até nisso você é criativa, Flavinha". Eu ria e deitava a cabeça em seu ombro ossudo.

5

Olhei para Samir com raiva: eu não tinha dito que iria tomar mais um só? Já havia pedido ao garçom.

— Mas amanhã você tem que acordar cedo, Flávia, vai ser seu segundo dia de trabalho — ele falou pela terceira ou quarta vez, com ar professoral.

Suspirei e fiz sinal para o rapaz do balcão: que cancelasse o chope, meu amigo careta não me deixava curtir a vida.

— Que merda, pus os bofes para fora o dia inteiro, servindo café para aquela gente chata, e você nem me deixa relaxar.

— Não fique se enganando, Flávia, você está assim porque seu namorado te deu bolo — ele fulminou.

Fiquei olhando para sua testa franzida, com as sobrancelhas que quase se fundiam uma na outra sob os óculos grossos. Ia revidar, quase disse na cara dele: "Você fala assim, Samir, porque é um isolado do mundo, queria ver se você sofresse, o que ia dizer!" Mas, em vez disso, convidei-o para uma caminhada:

— Vamos ver como está o movimento na avenida Atlântica.

Fomos pelo calçadão da praia, desviando dos ambulantes e dos gringos, que andavam lentos, balançando tontos as câmeras e as cabeças. Samir falava sem parar nos ensaios da orquestra — era pianista, tinha sido aluno de minha mãe — mas eu não conseguia prestar atenção. Queria ir embora, precisava telefonar para o desenhista, saber por que tinha marcado comigo e não aparecera. Estaria com Roberta? Quando nos conhecemos, eu tinha mesmo desconfiado que era por ela que o desenhista se sentira atraído. "Quem será que o desenhista pôs no meu lugar, Samir?", eu perguntava sem dar som às palavras, como se as minhas fossem um trem correndo paralelo às barulhentas frases de Samir: o maestro o elogiara ao final do ensaio, a flautista o convidara para um chope, o spalla tinha errado uma quiáltera e a orquestra inteira ficara de mau humor; estavam às vésperas da gala.

— Vai ser no Municipal? — perguntei, de má vontade, enquanto atravessávamos em direção à Nossa Senhora de Copacabana.

Por que Samir achava-se tão importante? Não tocava no assunto de meu namoro com o desenhista, não aceitava a maior parte de meus convites. Mas não tinha pejo de tocar nas feridas: quando ficava com aquela sua boca de dentes manchados falando "no tempo das aulas" com minha mãe, eu tinha vontade de matá-lo.

— Samir, vou embora, olha ali, está passando o quatro cinco cinco — anunciei num bocejo, apontando o ônibus que sacolejava na extremidade da avenida. Tínhamos acabado de chegar ao ponto, devia ser quase meia-noite.

— Quer que eu vá com você até sua casa? Estou achando você pálida... Será anemia?

Não, não era nada, mas que coisa. Lembrei-me do chá de anos atrás e pus, sem perceber, as mãos na barriga.

— Espera, Flávia, vai no outro, vamos conversar — ele pediu. — Tem alguma coisa estranha com você.

Quis dizer tudo a ele: Samir, me dê sua mão, estou caindo num precipício, começou naquele dia, Samir, eu era tão pequena! E fiz mais besteira, me dê sua mão.

— Olha ali, chegou — mostrei a ele, sorrindo. Expliquei que àquela hora os ônibus escasseavam; e eu não morava em Copacabana, como ele. O motorista arrancou e eu empurrei o corpo contra a roleta, esgueirei-me entre as poltronas vazias e corri para uma janela:

— Me desculpa, hem, Samir, hoje eu estava um saco! — gritei, através do vidro entreaberto, com o ônibus já em movimento.

Samir acenou sem sorrir; senti o frio do estofado nas costas, pensei no desenhista. E se ele tivesse faltado ao encontro porque se sentira mal? Eu precisava lhe telefonar, precisava saber.

6

Chovia e fazia frio na tarde em que conheci o desenhista. Eu tinha entrado numa cafeteria do centro e pedido um chocolate, menos para sentir-lhe o gosto do que para aquecer minhas mãos, frias como um pântano noturno. Roberta estava comigo; tínhamos ido juntas à exposição no Centro Cultural Banco do Brasil, eram retratos de guerra. Eu havia reparado no rapaz de camisa branca e rabo de cavalo, e era ele quem agora se aproximava de nossa mesa:

– Desculpe, mas acho que vocês esqueceram isto na galeria.

E pôs um pregador vermelho de cabelos em minha mão. Não era meu, mas fiquei um pouco constrangida em dizê-lo. Ele poderia achar que havia perdido a viagem.

Portanto agradeci e convidei-o a sentar-se, tomar qualquer coisa. Apresentei-lhe minha vizinha, conversamos os três sobre a chuva e a exposição. Ele explicou-nos onde estava de fato a beleza daquelas fotografias de guerra, e expressou suas opiniões com tanta paixão que resolvi lhe perguntar se era fotógrafo também.

– Sou desenhista – anunciou, cerrando levemente os olhos e abrindo-os de novo.

Não consegui prestar atenção aos assuntos que ele puxou depois; sei que falou sobre aulas particulares e planos de ingressar numa faculdade, mas eu tinha ficado triste sem motivo aparente, só pensava em ir embora, tomar um vinho em casa, sozinha, ou ir assistir a um ensaio de Samir. Alguma coisa naquele rapaz me machucava; ou talvez fosse o sorriso de Roberta, sua excessiva alegria.

Paguei a conta com um cheque de minha avó, chamei Roberta para irmos e agradeci ao desenhista a gentileza de ter-me devolvido o pregador. Dentro do ônibus comentei que o rapaz parecia ter ficado interessado nela, e lhe perguntei se gostava de artistas.

– Eu dei meu telefone a ele quando você estava preenchendo o cheque – ela admitiu.

Achei ótimo tudo aquilo, pois mais uma vez constatava que andava percebendo bem as coisas: o desenhista naturalmente tinha se interessado por ela, não por mim. Eu não era interessante. Possuía traços suaves mas não era interessante.

Roberta pediu para ver meu pregador, não se lembrava dele. Divertiu-se bastante quando lhe expliquei que o objeto, afinal, não era meu, e elogiou minha estratégia para que o desenhista ficasse no café e puxasse conversa. Chamou-me de esperta e à noite, como tinha anotado o número, telefonou ao desenhista.

Saímos, porém, apenas os dois; minha vizinha alegou uma dor de cabeça. Fiquei sem saber se era a mim ou a ela que ele desejava, ou se talvez a nenhuma das duas – se tinha sido somente o dever de restituir o objeto perdido que o levara aquela tarde à cafeteria. Entretanto foi comigo que tomou alguns chopes, e também foi comigo que fez amor, naquela mesma noite de quarta-feira, depois do bar em Vila Isabel, no apartamento de luzes esmaecidas que dividia com um amigo.

Estávamos no divã onde ele dormia, rodeados de papéis, vidros mal fechados de tintas, meias, alguns pares de tênis e violetas naturais em pequenos vasos perto da janela. Lembro que comecei a chorar. Eu nunca tinha chorado depois de fazer amor, mas o desenhista abraçou-me por trás, e meus pensamentos, as lembranças silenciaram quando o calor de seu corpo emprestou-se a meus ossos frios. Fiquei olhando as violetas – o pensamento paralisado deixando as lágrimas passarem encheu-me de uma alegria que eu não sabia interpretar. Achei que iria morrer. Procurei firmar a voz e perguntei a ele como conseguia desenhar com aquelas lâmpadas débeis.

– Eu sei que você está chorando, Flávia – ele disse baixo, sem aspereza de palavras. Meu choro parecia não incomodá-lo.

– Não estou chorando não. Como você enxerga nesse negrume?

– Eu desenho de dia.

– E à noite?

À noite ele não precisava de luz. Pelo jeito era daqueles que gostavam de mulheres e vinhos, havia garrafas no espalhado do quarto. Perguntei se o amigo não iria chegar de repente; explicou-me que o outro morador daquele conjugado era um músico, um saxofonista requisitado, raramente se viam.

Não sei por que meu pensamento recuperou forças e seguiu viagem. Podia ter permanecido em silêncio, na paralisia daquela noite, como um quadro sem formas.

7

Eu já estava descendo a escada mas a campainha tocou de novo, pela segunda ou terceira vez. Diminuí meu passo já indolente e pensei na possibilidade de não atender a porta. Senti remorso pela ideia; eu não era de fazer os outros esperarem. De fazer grosserias.

Parei um instante no degrau do meio. Acima de mim, a casa repousada na névoa indecisa de cigarro e café, o café que eu mesma coara no dia anterior; morar sozinha era beber café envelhecido.

Olhei para baixo. Não podia dizer que abaixo de mim, para além dos degraus, houvesse o mistério. Eu sabia o que encontraria, quando abrisse a porta; sabia que obedeceria, se abrisse a porta, ao que já devia ter obedecido muito tempo atrás.

Minha avó me elogiava na frente das outras netas, dizia que eu era a única que a obedecia, mas eu obedecia a ela para que me desse presentes – costumava comprar-me roupas caras. Eu me bolinava enquanto minha avó batia na porta do banheiro pedindo que eu saísse logo porque iríamos nos atrasar para a missa. Eu não gostava de ir à igreja, e ia não para agradar minha avó; ia por medo.

Eu tinha convicção de que iria para o inferno, e todas as noites adormecia no meio de uma ave-maria ou um pai-nosso recitado às pressas, na tentativa de negociar ao menos o purgatório. Quando fiz quatorze anos, a avó deu de presente um rosário de madrepérola com meu nome gravado em ouro na cruz, "Flávia Oliveira, serva fiel de Jesus e Maria", e eu apertava as contas com esperança, eu também poderia ser perdoada! Não tinha feito por mal. Mas a culpa era minha, a culpa era minha – o polegar e o indicador quase estrangulavam a bolinha de madrepérola, "Senhor, piedade!".

E ela ameaçava vir. A lembrança em cacos desencontrados, como os desenhos de um caleidoscópio. Mas quando ele se formasse não seria colorido e harmônico – seria horrendo, e eu não queria lembrar. Não tinha a obrigação. "Mas você só saberá de tudo se os caquinhos se juntarem...", dizia uma voz. A voz que se insinuava à noite, sorrateira como um felino.

Lembrar para quê? O que estava feito estava feito. "Não quero lembrar, não quero lembrar!", eu falava à meia-voz, entrecortando de súplicas as ave-marias de madrepérola.

– Flávia, sua mãe e eu iremos à cerimônia de casamento da filha do doutor Ferreira, você fique direitinha aí, obedeça à sua irmã.

Senti raiva – meu pai me tratava como uma criança estúpida, e à Cristina, como uma princesa. A princesa-bailarina, orgulho da família. E eu já tinha treze anos! "Não, não vão não, vai chover à noite!", eu pensei mas não disse. Que tempestade era aquela, de trovões remotos e que ao mesmo tempo ribombavam dentro de nossas cabeças, em estrondos de fim de mundo? "Não vão, fiquem aqui comigo", eu deveria ter dito. O que eu havia, de fato, dito? Desviara os olhos do olhar de pedra de meu pai, senti raiva do vestido de festa de minha mãe, com as minúsculas lantejoulas cintilando no contorno de seus seios e sua cintura delicados, belos como os de Cristina. Abaixei a cabeça e vi minha blusa – lembro que era uma blusa de listras largas e brutas, eu parecia um fantoche grotesco.

– O que você disse, Flávia?

Meu pai aplicou-me um castigo, minha mãe baixou os olhos preocupados. A caçula dava tanto trabalho.

– Nada, não disse nada! Não disse nada, pai, juro!

Não tinha dito nada, nada, nada...

Olhei para baixo, para os ladrilhos vermelhos riscados. A casa precisava de reformas urgentes – as infiltrações, os ladrilhos rotos, as paredes como que suspensas por teias de aranha – mas dava preguiça mexer naquilo tudo, se eu começasse, teria de ir até o fim. Na verdade, eu queria conservar a deterioração da casa; meus avós estavam no piso lento daquela escada, no desbotado dos ladrilhos. Tinha sido ali em cima, na grande sala de estar que meu pai, passando a mão no limo que apenas se insinuava na parede ao lado do piano, recomendara à minha mãe numa noite de histórias: "Precisamos ver as estruturas, Eleonora."

Estavam incertas. Ele entrava no quarto resmungando, dizia que aquela casa tinha sido do avô, teria que durar a vida toda. Minha mãe ia-se recolher logo depois dele, guardava os bordados, as partituras, me coçava os cabelos e antes de me dizer boa-noite eu já escutava meu pai reclamar do calor, "Liga esse ventilador, Eleonora".

Eu entrava no quarto tossindo, e pedia para dormir com eles. Meu pai falava sozinho, dizia que era assim mesmo, filho dava muito, muito trabalho. Eu colava a boca no ouvido de minha mãe, pedia doces. "Assim vai crescer gordinha, Flávia." Mas ela descia comigo até a cozinha, apanhava o pote de sequilhos, abria a geladeira, tirava a lata de doce de leite e punha tudo sobre a toalha cravada de formigas. Eu me sentava de frente para ela e olhava, não sei o que me dava mais prazer, se o açucarado do doce tocando as papilas ou se o pires com os biscoitos agrupados em roda, cada um recebendo uma porção idêntica da pasta caramelada, como soldadinhos à espera de chapéus.

As estruturas, era preciso vê-las. Eu via as formigas e sentia arrepios de repulsa, tinha medo de um dia elas comerem tudo, começando pela toalha, as pernas da mesa. Os pilares.

Olhei de novo para cima e para baixo. A campainha tocou mais uma vez, talvez a última. Resolvi gritar, "Vão se foder, vocês todos!". Mas não gritei. Não gritei, não fiz nada. Fiquei ali, olhando os ladrilhos, os vermelho-claros e os escuros.

8

Eu estava acabando de engolir o vinho espumante na cozinha do rapaz quando ouvi o estalo. Fechei os olhos e me resignei: a casa estava explodindo, não havia meios de continuar adiando aquele momento. O momento de senti-la, à dilaceração de minhas vísceras, tecidos e cartilagens. Eu era apenas um bicho. Um amontoado qualquer de carnes e fluidos que deveria ser desintegrado.

Mas haveria de ser com dor.

Dor de esmagamento, de um caminhão passando por cima de meu cérebro, abrindo os ossos, obrigando o sangue a verter por uma estrada anônima e cristalizar-se na indiferença do asfalto, coagulado, seco, malcheiroso e apartado de mim. Os pedaços de um bicho abandonados no esquecimento urbano. Apartados e sós.

– Está se sentindo mal, Flávia?

O rapaz foi tomado de susto ao dar comigo apoiada na pia da cozinha, espremendo o copo vazio e a outra mão sobre a testa, de olhos fechados num aspecto de morte.

– É que ouvi um estalo.

– Estalo?

Relaxei as pálpebras e fui saindo aos poucos do estupor. O rapaz explicou que a geladeira era muito velha e fazia mesmo aqueles ruídos, me convidou a voltar para a cama. Tinha sido minha primeira relação e eu precisava anulá-la. Massacrá-la.

– Tira a roupa, por que você está de calcinha de novo?

Ele arrancou o pedaço profanado de pano enquanto eu esperava de pé ao lado da pia.

– Em que você está pensando, hem, menina? Parece que viu um fantasma.

Acho que ele se chamava Rafael. Encostou o indicador em meu nariz, como se apertasse um botão, e me carregou, completamente nua, de volta para a cama. Iria fazer tudo de novo, e eu sentiria muita dor, porém vi que isto era bom. À noite pediria à minha avó permissão para assistir a uma missa, depois talvez houvesse vigília com o lago de velas em torno do altar. A avó não precisaria saber nunca de meu delito, mas eu precisaria de muita dor para purgá-lo.

– Em que você está pensando, Flávia? – o rapaz impacientava-se, tentando abrir passagem no deserto de meu corpo. Gabriel, chamava-se Gabriel, como o anjo.

Estou pensando em dor, respondi em silêncio. Decidi remir aquela imprudência juvenil com o éter da dor, de preferência uma dor mais crua, como aquela da explosão.

O carro chocara-se em alta velocidade com um caminhão que transportava alimentos perecíveis. Os moradores dos arredores da autopista tinham ido recolher toda a comida disponível, os jornais haviam frisado. Foi só quando vi o semblante mortiço de minha mãe na ponta do corpo desconhecido, coberto, exânime, que permiti a entrada, ainda tímida, da notícia que alguém gritara pela manhã, "Seus pais faleceram num acidente". O semblante de minha mãe era inteiro e, embora paralisado pela fotografia, guardava histórias de ursos e bruxas para serem contadas depois do jantar, quando ela retomasse o bordado após uma hora de Beethoven.

– Está doendo, Flávia? Se quiser que eu pare, eu paro, mas não queria...

Quando ela retomasse o bordado e meu pai se recolhesse para acordar cedo no dia seguinte. Ele era enfermeiro, dava plantões em três hospitais, ajudava os médicos; enfermeiros e médicos ressuscitam, ele ia aparecer de noite com minha mãe ao lado, só teriam uns arranhões. Celebraríamos felizes, todos, incluindo os que estavam mais preocupados em carregar restos de comida espatifada do que em prestar socorro. Todos. Meus avós mandariam rezar uma missa em ação de graças, não iriam terminar de criar três netas adolescentes sozinhos porque Deus era bom e a vida, justa. Eu leria à noite um trecho da Bíblia, depois da vigília depois da missa, seria perdoada de todas as faltas, de todo o prazer.

– Flávia...

O rapaz agora abocanhava meu sexo e em seu rosto transfigurado eu não via o pacato estudante de arquitetura; via um bicho, e eu não gostava de bichos em cima de mim.

– Isso, Flávia, agora você está gostando, se solta.

Não era justo. O trato era sentir dor; como eu confessaria aquele primitivismo ao padre Rodolfo, à noite, antes da missa? As mãos não tinham pejo de intrometer-se em recantos íntimos, minha mãe sorria e me comparava à Bela Adormecida, só um beijo puro iria me acordar do sono da infância, seu corpo é o templo do Espírito Santo, Flávia.

Foi então que eles chegaram. Como um exército em missão de aniquilamento, um por um os pensamentos minaram o campo, sobrepondo-se ao raciocínio nem alegre nem triste mas apenas letárgico que lá estivera. Encomendados pela culpa, instalaram-se com o encargo de fazer justiça. O rapaz segurava meus seios e descarregava todo o instinto dentro do templo que não lhe pertencia. Lembro que o primeiro soldado perfilou-se e fez sua advertência: "Flávia, se você se permitir, os fragmentos se juntarão! Você vai se lembrar de tudo!..."

Retesei o corpo e comprimi a massa de prazer ilícito com as pernas. Gritei "Não!", mas o rapaz não compreendeu.

– Isso mesmo, Flávia... Pode gritar.

Quem gritava eram os pensamentos. As lembranças que se impunham, querendo penetrar os recantos protegidos de meu cérebro.

"Não quero lembrar! Eu não disse nada, nada, nada..."

O rapaz empurrou-me para o canto da cama, pacificado. Eu não havia sentido a mesma coisa que ele, e tive vontade de pedir que continuasse, mas eu era uma menina, uma criatura discreta e delicada, como minha mãe. Fechei os olhos, me lembrei da fotografia no jornal. O rosto dela levemente retesado; em que teria pensado no segundo derradeiro? Pus a mão no sexo, sem saber se acalmava a enxurrada do corpo ou a de lembranças. Eu não podia ter prazer, agora que eles... A explosão! Devia ter doído tanto. "Não fui eu, não fui eu, não fui eu!", gritei para dentro, afundando a cabeça no lençol desconhecido. Poderia desabafar o inferno ao rapaz com nome de anjo. Mas ele dormia.

Quando cheguei em casa, depois da missa e de uma confissão que não pude fazer com legitimidade ao padre, mentindo sobre vários detalhes que me teriam feito tartamudear de vergonha, passei uma hora e meia debaixo do chuveiro. Minha avó descansava no sofá da sala, a novela passava sozinha. Raspei a bucha no corpo para arrancar a sujeira que não saía, quis arranhar minha pele sonsa com o áspero das fibras; e misturadas aos fios d'água vertiam-se minhas orações junto às lembranças retalhadas. Eu evitava pensar; comecei a cantar em voz alta, murmurei um Beethoven da época do piano.

Por que eu não estudara piano?

Senti vontade de abandonar a arquitetura; não queria ver o rapaz de novo, senti repulsa de seus braços musculosos, da tatuagem de águia no ombro direito. Diria aos avós que não estava com cabeça para os estudos, eles não me proibiriam de parar; faziam minhas vontades. Além do mais tinha pouco tempo, apenas seis anos, pouco tempo para que eu já tivesse me recuperado. "A caçula teve uma espécie de bloqueio, não menciona o acidente, não fala nos pais!"

Tranquei a faculdade, e no ano seguinte morreu meu avô, talvez de desgosto, talvez de cansaço. Eu preferia pensar que era apenas mais uma morte deixando mais triste uma família qualquer, apenas o andar da carruagem, o destino, o oco da vida. Não podia suportar mais uma culpa, mais uma lembrança a se formar para ocultar-se depois.

Naquela noite do rapaz, fui dormir com fome e sede. Tomei um pouco do líquido escuro que guardava debaixo de minha cama, mas foi somente para silenciar a guerra interna, eu não mataria a sede com uísque. Minha avó talvez soubesse de meus hábitos ruins, mas não descobria minhas garrafas sob o estrado. Talvez desconfiasse que eram a única arma contra a insônia que, à época do acidente, mantinha-me sentada em frente à televisão da sala durante toda a noite. Tenho uma saudade nebulosa daqueles tempos, das noites anestesiadas de pensamentos, da imagem dos filmes e desenhos noturnos adentrando no volume mínimo o paralelo da sala de estar. Eu ficava na outra ponta, à espera.

9

Eu não entendia como as festas de Cristina ficavam tão cheias sendo enfadonhas como eram: músicos afetados, veados e bailarinas esqueléticas bebericando coquetéis e falando em política. Olhei o relógio e acendi outro cigarro; ainda teria de ficar mais uma meia hora, pois Maria Célia tinha escapado – dissera qualquer coisa sobre o neto ter apanhado um resfriado –, e eu era a única irmã presente nos quarenta anos de Cristina.

Se tivéssemos telefones celulares naquele tempo, gostaria de que o meu tivesse soado bem naquela hora em que eu apodrecia no sofá de estampado cafona, sem que ninguém me enxergasse ou puxasse assunto ao menos por educação. Achava uma tremenda sacanagem de Cristina me largar ali e ficar dando atenção somente aos coreógrafos de gola alta, aos repórteres de coletes brilhosos, "aceita mais um drinque, Johnny?". Era ridículo. E não adiantava toda aquela galanteria; o último *Lago dos cisnes* tinha sido criticado no jornal de domingo, e a culpa era dela também: "faltou sincronia no corpo de baile: as meninas pareciam dançar em efeito dominó".

O desenhista — seria tão bom se ele aparecesse ali, me chamasse para um chope. Mas era sexta-feira, ele dava aulas no curso noturno de uma escola de belas-artes, tinha conseguido o emprego havia pouco tempo. Samir dissera que a noite de sexta-feira não era para se largar a namorada assim, mas Samir andava cada vez mais ranzinza, devia ser a idade. Adverti-o de que era melhor arrumar uma mulher logo, senão ninguém aguentaria com ele.

— Deixa de bichice e vê se arranja alguém pra trepar, dizem que libera as tensões — eu tinha advertido. Samir disfarçou uma risada, fez com a mão um redemoinho desarrumando meus cabelos e me chamou para um café. Estávamos numa galeria de lojas no centro da cidade, eu procurava um presente para Cristina.

— Se ela está fazendo quarenta anos, você está com trinta, não é isso, Flávia? — perguntou Samir, indelicado como só ele. Mandei-o àquele lugar; então não sabia que era uma grossura investigar idade de mulher?

Paramos num quiosque, pedimos *espressos* e pães de queijo. Nem aquele calor africano me tirava a fome. Samir aproveitou minha vulnerabilidade e começou a dar uma de psicólogo. Eu estava de boca cheia e comia devagar, levaria tempo para que conseguisse protestar contra as conversas detestáveis que ele volta e meia despejava sobre mim.

— Sua irmã comentou que você voltou a ir ao psiquiatra, é verdade? — ele disparou, enquanto punha mais açúcar na xícara.

Samir! Era um amigo ou uma espécie de detetive particular que a alma de minha mãe contratara para se intrometer em minha vida?

— *Uma* psiquiatra; é mulher — esclareci, cuspindo sem querer alguns farelos sobre o balcão. — O nome dela é Doralice.

— É boa?

— Não sei. Mas cobra bem. Já tinha feito tratamento com ela, anos atrás. Agora voltei. Quer me receitar uns remédios aí. Tarja preta.

Samir arregalou os olhos, como se eu tivesse acabado de anunciar uma hecatombe.

— Mas devem ser drogas muito fortes, Flávia. Você não precisa disso!

Limpei os lábios com um guardanapo, áspero, desviei os olhos e falei no tempo. O que eu menos queria era conversar sobre aquilo. Sobre o mundo submerso. O abissal.

— Espera aí, Flávia, não muda de assunto. Se você se abrisse mais, se desabafasse com os amigos, não precisaria ficar aí desperdiçando o salário e a pensão mixuruca de seus avós em consultas que só milionários aguentam.

— É mais uma experiência, Samir, vamos ver no que dá — disse, irritada, tentando encerrar a conversa.

Sobre o sofá mármore com pintas rosadas, eu agora acendia outro cigarro e recusava uma torrada com pasta de berinjela. Uma coreógrafa antipática que eu conhecia de vista veio sentar-se a meu lado, reclamou dos saltos:

— Estou acostumada a sapatilhas! Isso aqui é um inferno.

Sorri pouco, sem mostrar os dentes; eu temia que ela começasse uma conversa e olhei para o chão, fingi procurar um cinzeiro.

— Você é irmã da Cristina?

— Sou — respondi, sem entusiasmo. A coreógrafa de cabelos vermelhos e já sem sapatos voltou o corpo inteiro para mim, descansou a cabeça no cotovelo; parecia pronta a não sair mais do sofá. Pus-me em posição de defesa, ameaçando levantar-me. — Sou sim, me chamo Flávia.

— Você é a do meio?

Eu pressentira que viria algo assim.

— Não, sou a caçula — confessei, arrasada. Apaguei o cigarro e pedi licença, fui andar sem rumo pela sala cheia de esculturas amorfas. A coreógrafa devia achar que Cristina era uma menininha e eu, uma velhota. Era insuportável estar no meio de bailarinas que não tinham resquício de abdome ou de rugas, e que borboleteavam pela casa trocando sorrisos artificiais e chocolates dietéticos.

— A Flávia está ali!

Virei o pescoço na direção da varanda; Cristina me apontava ao homem que acabava de lhe estender um embrulho. Era o desenhista.

— Olha quem chegou, Flávia — festejava minha irmã, balançando o coque frouxo para um lado e para o outro. Há quanto tempo o desenhista estava ali? Teria acabado de chegar?

– Oi, meu amor – cumprimentei, passando a mão em sua barba rala. – Você não tinha que dar aula hoje?

Explicou-me que conseguira sair mais cedo, não poderia deixar de prestigiar. Deu-me um beijo nos lábios, outro no pescoço, elogiou meu perfume. A festa, finalmente, começava.

10

"Não será tão mau assim enlouquecer", dissera a voz. Em volta, só a escuridão que as cortinas adensavam, a mobília invisível. Apertei as duas extremidades do travesseiro contra os ouvidos: era preciso proteger-me. "Não quero saber, não quero."

"E não ponha a culpa nos remédios, eles estão apenas organizando sua loucura."

Um comprimido pela manhã e dois à noite, cada qual em seu campo de guerra: neurotransmissores, gânglio basal, hipocampo, glândula pituitária, corpo caloso. Na véspera, Doralice tinha me telefonado – eu pensara que ela queria saber como eu vinha passando, afinal, já estávamos havia meses com os medicamentos. O telefonema, porém, somente intensificou minha inquietação.

– Olá, Flávia, e então?
– Está tudo bem, doutora.
– Ótimo. Pois bem. Pode falar.

Falar o quê? Senti-me pouco à vontade. Ela procurou esclarecer: estava retornando minha ligação; a secretária dera o recado, "ligar para Flávia Oliveira". Com uma desagradável sensação no tórax, uma espécie de estrangulamento, expliquei que não havia lhe telefonado. Minha psiquiatra pareceu não acreditar:

— Não se acanhe, Flávia, você não me incomoda. Sei que me ligou duas vezes esta tarde, a dona Eurídice deu o recado.

— Não, eu não liguei para aí hoje, estava trabalhando, cheguei há pouco.

— Dona Eurídice disse mesmo que você havia ligado do trabalho.

Era o prenúncio do caos: eu não possuía sequer um fiapo de lembrança de ter, efetivamente, ido até o aparelho telefônico e discado os algarismos. Não me lembrava de ter pedido à secretária apática, dona Eurídice, que desse recado algum. Minha memória apartava-se de mim. Senti medo.

— Não é possível, Doralice... Vai ver foi outra cliente chamada Flávia, quem sabe?

— Outra Flávia Oliveira?

A noite. Teria de atravessá-la, como atravessara sozinha a ponte entre a redoma maternal e o nascer. Poderia ser outro parto, este: ser expelida pela noite e perceber-me viva, sobretudo nova, depois de toda a dor. Ou poderia simplesmente cerrar os portais, parar no meio da ponte, ceder à falta de ar e fechar os olhos para deixá-los ser abertos depois, por anjo, fogo ou verme.

Pensei no desenhista e abri a janela. Ele poderia voltar para mim e, aos poucos, a felicidade natural substituiria a tranquilidade química. Mas que tranquilidade?

— Doralice, não quero os remédios! Sou jovem e saudável!

Eu dissera isto a ela, e escolhera os adjetivos que Samir usava quando queria me destituir da ideia de medicar-me: jovem e saudável. Minha psiquiatra riu seu riso científico e disse que era assim mesmo, demorava para que os pacientes vencessem a resistência.

— Mas é preciso saber os próprios limites — ela me alertara. — Se você quer chegar bem à maturidade, precisa se tratar. Seu problema é químico.

E os traumas? O caminhão explodindo na estrada de minha cabeça? A culpa esgueirando-se como serpente e envolvendo os membros, o rosto, os olhos, as narinas — não haveria mais oxigênio?

— Doralice, achei que se eu falasse mais um pouco dos traumas... Tem os sonhos também, não dizem que falar em sonhos ajuda?

— Seu problema é químico, Flávia, e você sabe muito bem que não tem dinheiro para vir aqui toda semana e dizer tudo o que quer.

Bastava uma vez por mês, uma receita para cada medicamento, uma só ida à farmácia. A sessão em si durava uns quarenta minutos. Ou menos. Samir tinha sugerido um psicólogo amigo seu, tio de um colega da orquestra, atendia pelo SUS. Mas eu já estava me acostumando a Doralice. A seu modo.

"Outra Flávia Oliveira?"

Como assim, eu teria telefonado à doutora sem saber? Então os remédios estavam apagando minha já desbotada memória. Debrucei-me no parapeito, respirei pela boca o ar que vinha da praça, precisava sentir-me dona de mim mesma. Eu era Flávia Oliveira, filha de Eleonora e Otávio Oliveira, não tocava instrumentos musicais mas possuía habilidade para o desenho, poderia ter sido uma competente arquiteta. Raspei o cimento da janela cravando nele as unhas, precisava sentir-me viva, consciente. "Sou dona de mim!" Recitei o Neruda preferido de Samir, o único que sabia de cor:

> Vento é um cavalo: ouve como ele corre
> pelo mar, pelo céu. Quer me levar: escuta
> como ele corre o mundo para levar-me longe.
> Esconde-me em teus braços por esta noite erma,
> enquanto a chuva rompe contra o mar e a terra
> sua boca inumerável.

E depois? Senti a minha boca seca; havia esquecido o restante dos versos, seria acaso um sinal? "Esconde-me em teus braços por esta noite erma", escutou, desenhista ingrato? Valei-me, meu Neruda, o que será de mim?

"Só há dois caminhos."

Estremeci.

"Nunca há só dois caminhos", protestei, fechando as folhas da janela. Um vento frio insinuava-se pelo quarto.

"Ou você desiste ou volta àquele dia."

"Não quero voltar."
"O dia do acidente."
"Não quero lembrar."
"E se a culpa realmente tiver sido sua?..."
"Não quero lembrar."
"E se foi você de fato a responsável pela morte de seus pais?"
"Pare! Não suporto mais!"
Lembro que acendi um cigarro e abri de novo a janela, que viesse o frio e com ele o vento. Não havia a quem recorrer, eram três horas da manhã. O desenhista não mais repartia comigo a cama que um dia tinha sido de meus pais, meus avós havia muito tinham sido enterrados, e minhas irmãs deixaram-me a casa, possuindo algures justos motivos para tamanha magnanimidade: ambas tinham vida própria, apartamentos bem montados. Maria Célia possuía filhos; Cristina, amantes.

Enfiei a mão por debaixo da cama, procurando o frescor da garrafa. Carregara comigo o velho hábito de esconder sob a cama minhas bebidas, mesmo morando há tanto tempo sozinha. O líquido vermelho-escuro entornou-se pelo gargalo, prestimoso, urgente. Eu preferiria o suave da taça, o flamejar do pavio sobre o cristal; foram tantas as românticas noites em casa do desenhista. Todas findas, extintas. Não havia sobrado uma gota. A não ser na memória.

Mas a memória me traía também.

11

— Larga o cigarro e olha pra cá, Flávia!
Acho que perdi aquela fotografia mas me lembro do rosto do desenhista, atrás da câmera, me pedindo para sorrir. Ele tinha me levado para passear pela praia da Barra da Tijuca; eu mesma tinha pagado nossas passagens, pois ele fizera algumas contas em lojas de eletrodomésticos, e os alunos andavam inadimplentes. Para não fazer com que se sentisse constrangido, levei também uns sanduíches de queijo e presunto, e então não haveria necessidade de gastar dinheiro com bobagens de praia.
Havia cinco anos que estávamos juntos; o desenhista gostava de comemorar.
— Agora vem aqui na água, Flávia, vamos fazer o ritual.
— Está fria...
O ritual era comemorar minha promoção. Eu tinha feito cursos de férias, subira de posto, não era mais a secretária da secretária. O desenhista vibrava mais do que eu com meu aumento; agora sobraria mais para nossos passeios e vinhos.

— Esta água está tão fria! — gritei e comecei a rir. O desenhista me abraçou e caiu por cima de mim sobre a onda desfeita. Afundei e depois emergi numa nuvem de bolhas furta-cor, uma colada à outra como num quadro em três dimensões.

— Minhas aulas e o que você vai ganhar na empresa, puxa vida, isso tudo vai ser mais que suficiente para termos uma vida de reis. Vamos comemorar!

Eu me perguntava se ele estaria ocultando intenções de economizar nossos ganhos a fim de mobiliar um apartamento para nós dois, me fazer uma surpresa. Queria perguntar-lhe: "Está escondendo o jogo, é?", mas guardava aquelas suspeitas como quem coloca doces sob o travesseiro.

— Vamos comemorar, então! — concordei, numa súbita euforia. Tinha começado o dia com o comprimido colorido, mas nem mencionara o detalhe ao desenhista. Ele não se importava com o fato de eu precisar tomar calmantes e antidepressivos, acho até que não costumava se lembrar. Era Samir quem andava insistindo para eu parar de "ingerir a farmácia"; dizia assim, em seu modo exagerado. Pianista, Samir estava noivo de uma cantora de ópera, os filhos nasceriam todos no formato de violinos!

— Escuta essa do Samir, amor! Escuta! — eu gargalhava, rodopiando dentro de uma onda macia.

O desenhista ficou me abraçando na água, depois me beijou e sussurrou que eu estava com a pele azulada como aquela manhã de outono. Passou a língua de leve em meu lábio superior, depois afastou uma alça de meu biquíni, roçou os dedos em meu ombro; seus dedos eram manchados de tinta. Abaixou de repente a outra alça e olhou para mim com a naturalidade de um artista que contempla seu modelo. Ficou sério. Depois colou-se a meus seios gelados e nus; encostei a cabeça em seu peito úmido mas morno.

– Olha... – eu o alertei, suspendendo o biquíni e mergulhando numa onda indecisa. A praia não estava completamente deserta; lembro que havia uma mãe jogando com a filha, as duas tinham raquetes rosadas, fiquei boiando e olhando um raio de sol multiplicar a bola, eu via duas, três bolas, duas enegrecidas, outra maior, rosada também. – Vamos embora? – convidei, sentindo que precisava arrancar meu corpo daquela nuvem tépida e furar a bolha, deixar-me arranhar no trânsito das horas, permitir que a dor de todos os dias chegasse também àquele domingo e o deixasse confortável, sem o brilho excessivo do sol.

O desenhista disse que não, que não iríamos embora. O que você vai fazer em casa, Flávia?, ele perguntou, sem que eu precisasse responder.

– Pelo menos uma vez na vida – ele exagerou –, você vai passar o domingo longe daquela televisão.

E me obrigou a deitar sobre uma esteira que cheirava a palha seca, disse que eu iria dourar um pouco as pernas, minhas pernas pareciam aquelas larvinhas branquíssimas, uns bichos quase transparentes. Eram as que viravam borboletas depois? Obedeci e sem sentir comecei a recitar fragmentos de ave-marias, eu precisava pedir perdão por aquele prazer excessivo; apenas uma manhã e tudo junto, o sol, o odor da palha, os abraços.

— Vamos à apresentação do Samir hoje, amor? — pedi, pois precisava dizer alguma coisa. — Vai ser na Sala Cecília Meireles.

— Aquelas músicas de novo, Flávia?

Os óculos de sol refletiam as cintilações das ondas, mas eu sabia que por baixo deles o castanho dos olhos do desenhista tinha ficado mais turvo. Não queria desagradá-lo:

— Podemos também ir tomar um chope...

Não, ele insistiu: que eu fosse ver a orquestra de meu amigo; ele estava meio cansado, havia esboços a traçar, aulas a planejar. Precisava mesmo de uma noite para si, para o trabalho.

— Tudo bem, vou sozinha.

Mas sabia que não iria. Chegaria em casa, adiaria o banho, ligaria a televisão. Acenderia o cigarro, apagaria as luzes.

Virei de bruços sobre a palha, senti um cheiro de mofo. Lembrei-me dos bordados de minha mãe.

12

A campainha. As escadas, o relógio de parede, o milésimo cigarro do ano. Fumava-se tanto assim num espaço de doze meses? Senti preguiça e não fiz a conta. Estava com quarenta anos, a idade comemorada por Cristina, tantos aniversários atrás. Senti-me engordada, flácida, reparei com angústia meus chinelos arrebentados – como atenderia a porta daquele jeito?

Seria bom se fosse o desenhista lá embaixo. "Já estou descendo, amor." Tinha parado, de fato, na metade da escadaria. Meus dedos estavam negros como os dele, mas a tinta não era produtiva, era apenas nicotina, ruína do esfarelar das horas.

Pensei em subir e voltar à cama, ao café. Lembrei-me da carta.

"Tão bonitinhos esses desenhos que ela faz nos papéis de carta! Venha ver, Oliveira!"

Eu estragava as folhas pautadas de meu pai fazendo rabiscos, mas minha mãe aproveitava tudo, pendurava nas paredes com durex. "Minha filha vai ser coisa na vida."

Para que atender a campainha? Era hora de almoço, não se importunava ninguém ao meio-dia. Ouvi palavrões murmurados à meia-voz do lado de fora da casa; a pessoa estava obviamente cansada de esperar. De quem era aquela voz? Apenas um sussurro. Só esperaria assim tanto tempo quem me quisesse muito. Ou precisasse muito de mim.

Mas que bobagem!, pensei, num estalo. Eu sabia muito bem quem estava lá embaixo, e por isso hesitava tanto em atender. Mordi os lábios; o visitante de maus bofes sussurrava outro palavrão. Desci mais um degrau e estendi a mão, estava tão perto da maçaneta.

Parei o gesto no ar. Abrir a porta seria, de certa forma, permitir uma transformação intensa em minha vida. Cabia a mim atender ou recusar; eu podia muito bem fingir-me de morta, brincar de estátua com a porta, deixar a campainha esgoelar-se e depois agonizar, vencida. Era minha escolha. Se bem que fosse eu a responsável por aquela presença. Aquela campainha.

Enchi-me de culpa. Por que se fabricavam personalidades assim como a minha: instáveis, cambaleantes? Não era natural querer e desquerer algo tão rápido, em intervalos de tempo tão curtos.

Samir tinha dito, ainda ontem, quando voltávamos de sua apresentação (vinte e cinco anos de carreira):

— Flávia, minha filha, o dia em que você decidir o que quer, vai ser feliz.

Grande coisa, eu tinha pensado. Queria que Samir dissesse novidades, algo que me animasse a romper com o casulo, em vez de dentro dele hibernar até morrer por engano.

— Grande coisa — desfiz, num muxoxo.

— Grande coisa o quê?

— Isso que você disse. Descobriu a América.

Ele fez uma careta e coçou a calva. Ia ficando tão magro e tão curvo que dali a pouco nenhuma mulher o desejaria. A noiva de anos atrás o abandonara, de puro enfado. Depois vieram outras, junto com meus homens desfeitos — íamos nos consolando e suportando.

— Faz uma coisa para mim, Flávia — ele pediu. Nunca tinha me pedido nada, que eu lembrasse. Consenti, antes de saber. — Não, não — ele determinou: — É assunto sério, vamos parar ali no bar do Jorge.

Não gostei da ideia de demorar-me ainda mais: era noite de sábado e eu queria assistir a um DVD, fumar e tomar meus pileques sozinha, em meu próprio sofá. Mas era também a noite de gala de Samir, o velho aluno de minha mãe, pianista respeitado no Rio de Janeiro, respeitável senhor quase careca de óculos com hastes retorcidas... Olhei para ele e não pude conter o riso.

— Que foi?

— Pelo amor de Deus, troque esses óculos, Samir! Como você vai se arrumar com alguém desse jeito?

Chegávamos ao balcão do bar, ele pediu dois chopes ao garçom e lançou para mim o olhar pisado, um pouco mais duro do que o que eu conhecia:

– Você já pensou alguma vez que me magoa mandando eu arranjar mulher, Flávia? Já passou pela sua cabeça que eu posso estar querendo e não estar conseguindo?

Peguei em suas mãos e implorei que perdoasse minha falta de jeito; eu gostava de brincar, ele não sabia? Continuou, porém, com os olhos caídos, estufados sob as lentes sujas. Amareladas. Chegou o chope, e ele bebeu sem brindar. Percebi uma ardência rara em meus olhos, eu devia mesmo estar ficando velha, iria chorar por uma bobagem? Samir percebeu:

– Estou brincando também, sua boba. Pode me mandar arrumar mulher, no fundo acho que você tem uma paixão reprimida por mim, aí fica com essa obsessão.

Batemos os copos, finalmente.

Mas o que, afinal, ele ia me pedir?

– 'Faz uma coisa para mim, Flávia', você tinha dito. O que você quer comigo, Samir?

Tomou sua bebida, até o fim. Era metódico. Limpou a garganta e falou, fazendo um redemoinho em meus cabelos pintados de louro:

– Pare de tomar aqueles remédios.

Arregalei os olhos, fiquei encarando-o assim, como através de uma máscara. Que remédios?

No entanto, fiquei quieta. Samir não sabia que eu estava havia anos sem tomar remédio algum, a não ser os antidepressivos ou calmantes casuais. Tinha sido uma tentativa, uma prova que eu mesma me impusera. Mas estava sendo quase insuportável.

— Você se lembra do tempo — ele prosseguiu, vagaroso, pediu mais dois chopes e empertigou-se no banco — em que ia naquela psiquiatra? A Doralina?
— Doralice.
— Então, naquele tempo...
— Nem me fale em Doralice, Samir! Ela quase me fez enlouquecer...
Ele deu um sorriso triste, embalou-me com os olhos, pôs-me no colo imaginário:
— Então, Flávia, eu falo para seu bem... Se você pusesse para fora essas coisas que te maltratam...
Apertei os olhos.
— Que te destroem...
"Vamos tomar picolé de uva, Flávia!", ela dizia. E me levava pela mão, íamos as duas para a padaria, meu pai nem tinha tempo de impedir. Depois as sonatas de Beethoven, as cantatas de Bach, "vou ser pianista como você, mamãe!". Não iria decepcioná-la. Meus olhos já se fechando sozinhos, a ardência de areia das crianças que dormem cedo: mas eu não cedia. Agora conta história, mãe, conta aquela do urso, mãe, me dá um biscoito.
— Samir?

A campainha soou de novo e sentei-me no chão de ladrilhos frios, solucei. Talvez se o infeliz lá de fora me escutasse chorar fosse embora e me largasse em paz. Porém chovia; quem me escutaria os soluços?

13

Fiquei olhando as labaredas, imaginei: mas se esta fogueira fosse uma língua de dragão, qual seria o tamanho do dragão? Seria enorme, um dragão gigante, maior do que os arranha-céus que eu tinha visto nas revistas com fotografias de Nova York, que minha mãe comprava quando queria saber notícias de músicos que tocavam jazz, ela andava tocando umas peças de jazz. Cristina puxou meu braço com força:

— Flávia, se você não sair de perto dessa fogueira agora, vou dizer para a mãe que você me desobedeceu, e ela nunca mais vai deixar você vir comigo.

— Mas aqui está tão quentinho!

Minha irmã explicou que, se eu ficasse muito tempo por ali, minha cara ferveria como se ardesse em febre, e quando entrasse em contato com o ar frio de novo, eu iria passar mal.

— Vai pegar a maior gripe — ela foi avisando. — E depois a mãe vai dizer que a culpa é minha.

E foi me arrastando pelo quintal atropelado de convidados barulhentos; as mulheres vestidas com estampados desencontrados pareciam aquelas bonecas de papel, cujas roupas malpintadas nas folhas recortadas nunca se ajustavam direito ao corpo frouxo. Olhei para cima, e um homem fantasiado de caubói derrubou cerveja em meu cabelo. Ameacei chorar:

— Cristina, minha trança está toda molhada...

— Fica quieta, Flávia, nunca mais vou te trazer.

Chegamos à barraca de cachorros-quentes, Cristina me comprou um, mas eu queria pé de moleque.

— Nada de doces, você já está gordinha.

Segurei o pão com as duas mãos, para que o molho aguado não manchasse de vermelho meu vestido. Fui mastigando devagar os pedaços apimentados de salsicha. Minha avó tinha feito meu vestido, era cor-de-rosa com pequenas flores azuladas e acabamento em lese nas mangas fofas e na barra da saia. Eu não tinha visto outro vestido mais perfeito que o meu. E os sapatos eram novos, minha mãe tinha comprado especialmente para a ocasião: "Vai ser a primeira festinha caipira da Flávia, precisa ir arrumadinha..."

— Flávia, estou te chamando!

Olhei para cima com cuidado, para não derrubar o chapéu. Eu estava com um chapéu de palha também cor-de-rosa, tinha a aba decorada com pequenas flores de tecido e uma camada de lese. Minha irmã segurava um copo de plástico e o estendia para mim. Fiquei com medo de derrubar refrigerante no vestido.

– Toma aqui a Coca-cola, merda.

Desculpei-me por não ter escutado; agora como iria segurar o cachorro-quente com ambas as mãos? Pedi a Cristina que deixasse o copo no balcão; ela me atendeu e continuou conversando. Havia um homem de cabelos louros com ela, não estava vestido a caráter. De repente, ele agachou-se e olhou para mim. Tinha um sorriso lindíssimo, parecia-se com um rosto que eu vira numa propaganda de creme dental em que havia rapazes e moças esguias como Cristina; corriam, beijavam-se, exibiam as arcadas ao som frenético de uma guitarra.

– Você que é a irmãzinha da Cris?

Sorri para ele também, mas senti que havia massa de pão grudada em meus dentes. Senti vergonha, e cumprimentei sem abrir muito a boca:

– Sou eu sim, me chamo Flávia. Tem mais uma, a Maria Célia, mas ela é muito grande já, não gosta de festas.

O rapaz apontou para Cristina e eu não percebi, achei que estava falando de mim:

– Ela não está linda?

Fiquei toda contente, achei que o moço tinha gostado de meu vestido, das pintas que minha mãe tinha feito em minhas bochechas com lápis para olhos.

– Flávia, tomara que quando você crescer fique bonita igual a sua irmã.

E pôs-se em pé de novo, beijou Cristina na boca. Mastiguei um pedaço de salsicha que não se dissolvia em minha língua, e a garganta pareceu que se tinha fechado. Mais tarde encontramos uma tia velha que reafirmou o que o rapaz dissera, só que com mais clareza; desta vez não haveria motivo para que eu me iludisse achando que o elogio era para mim:

— Maria Cristina, como você está bonita! — falou, espalmando as mãos como se fosse segurar a fumaça que saía de uma barraca de frituras. — Puxou a sua mãe. Essa menor é mais para o lado do pai, aquela gente do Otávio é meio sem graça mesmo, não é não? E são carrancudos também, olha o carão dessa menina. Precisa ensinar bons modos a ela, Maria Cristina!

Minha irmã sorria, desfilando os cabelos soltos e o vestido vermelho por entre os varais de bandeirinhas coloridas, os balões de papel, as galinhas-pretas de jornal queimado. Puxava-me com força, achei que meu braço iria se descolar do resto do corpo.

— Cristina, quero fazer xixi — anunciei, quando já não aguentava mais segurar.

— Ah, não, Flávia, pelo amor de Deus. Daqui a pouco iremos embora, olha ali a fila do banheiro.

— Mas eu estou apertada.

Ela explicou que mulher precisava ser forte, iria me ensinar a prender a urina. Disse também que, se eu soubesse os sacrifícios que uma bailarina fazia, compreenderia como era importante ter controle sobre o próprio corpo.

— Mas eu estou muito apertada!

— Espera então, Flávia, vou ali despedir do Pablo.

Esperei que o homem do creme dental desse outro beijo mal-educado em minha irmã, borrocando todo o seu batom. Eu ia avisá-la sobre a lambança que ele tinha feito em seu rosto, mas uma contração na bexiga fez com que minha voz virasse um gemido. Pus as mãos sob a saia do vestido e apalpei a virilha para conter a dor e o líquido.

– Cristina, não estou aguentando mais!

Já vai, Flávia.

Deixei-a ali, na despedida que nunca terminava, e fui sozinha procurar um banheiro. Abri caminho pela floresta de botas, saias, copos largados pelo chão. Sabia que deveria estar ferindo a etiqueta, andando daquele jeito, com as pernas quase grudadas uma à outra, as mãos segurando a calcinha, a coluna curvada.

– Dá licença, moço – pedi, choramingando. Eu não compreendia como podia haver apenas um banheiro para aquela gente toda, que bebia sem parar. A porta estava trancada, mas eu bati, passando à frente de três mulheres e um homem, que esperavam também sua vez.

– Espera aí, garotinha, furar fila é falta de educação, sua mãe não te ensinou não?

Olhei para a moça e não consegui responder. Ela também já não olhava mais para mim, gritava a alguém que lhe trouxesse mais cerveja. Reparei em sua boca desproporcional ao resto do rosto, ouvi a gargalhada, disforme, como um ente destacado do corpo, da festa.

– Tem gente? – bati de novo à porta, sem coisa melhor a dizer. O homem, que estava vestido de noivo, passou a mão em minha trança:

— Você está muito apertada, mocinha? Pode ir na nossa frente.

A moça da gargalhada franziu a testa e resmungou que criança era um porre; eu não sabia o que queria dizer porre, achei que fosse algo relacionado a urina. De repente um espasmo percorreu meu corpo, uma espécie de agulha perfurou-me a vagina. Entrevi minhas pernas e reparei que tremiam, perdi toda a vergonha e pus as mãos em forma de concha na calcinha, era uma calcinha nova também, minha avó tinha trazido da feira de São Cristóvão, era de renda cor-de-rosa, combinava com a roupa. Lembro que foi isto a última coisa em que pensei: a calcinha nova combinada à nova roupa, tudo muito novo e limpo, quando a corda de meu autocontrole se rompeu, abandonando-me ao pesadelo. A porta do banheiro agora se abria, mas não adiantaria mais nada; um esguicho amarelado arremessava-se para fora de minhas entranhas, e minhas pernas, entreabertas e inúteis, agitavam-se no esforço vão em contê-lo. As mulheres abriram caminho, enojadas, e o homem a meu lado lamentou:

— Não aguentou segurar, a apressadinha!

Impotente, fiquei olhando o jato de urina disparar-se contra a porta, atingindo as pernas da pessoa que saía, horrorizada, do banheiro. Abriu-se um círculo em torno de mim, em cujo centro estavam minhas misérias: uma poça com cheiro forte, o cheiro animal das mulheres que não sabiam se controlar. As não-bailarinas. Cristina encontrou-me com a barra do vestido empapada, as mãos amarelas, pingando.

— Flávia, o que você fez?

Comecei a chorar alto, a soluçar. Cristina empurrou-me pelas costas em direção ao quintal, acho que teve repulsa de pegar em minha mão. Eu não conseguia andar rápido, pois os sapatos, encharcados do líquido agora já frio e viscoso, colavam-se ao chão deixando a marca riscada do solado novo. Lá fora, Cristina dirigiu-se rápida à dona da casa e desculpou-se, constrangida. As duas me levaram ao fundo de uma garagem escura, Cristina mandou que eu não me mexesse. Fechei os olhos e antevi um abraço de minha irmã, eu estaria perdoada por toda a sujeira, por toda a fraqueza. Dei um grito: um jato frio açoitava minha cabeça, o pescoço, derrubava o chapéu no chão. Saí correndo.

— Puta que pariu, Flávia, falei para não se mexer.

Uma das mãos de minha irmã me trouxe de volta, com um beliscão no ombro. A outra mão segurava a mangueira; rendi-me ao gelado da água, eu precisava ser punida pela vergonha que fizera minha irmã passar. Mordi os lábios e disse a mim mesma que eu, também, era forte como uma bailarina. Lembrei-me da fogueira do início da festa, fiquei pensando nas chamas que tinham dois, três matizes num só, imaginei-me aquecida pela inflexão rosada da chama, pelos azuis.

14

A coreógrafa de cabelos vermelhos passou descalça por nós mastigando de boca aberta algo que parecia uma rodela de cebola com azeitonas no meio. Perguntou, olhando para o desenhista:

— Viram Cristininha por aí?

Fui eu quem respondi; expliquei que tinha acabado de vê-la passar para a cozinha. Acho que mostrava a casa para um amigo fotógrafo; de câmera em punho, ele parecia extasiado com a decoração de minha irmã: o que mais se ouvia eram os cliques da máquina registrando as esculturas dos bichos sem olhos, as reentrâncias das prateleiras pintadas em cores berrantes. O desenhista, escarrapachado no sofá e com uma das pernas sobre minha coxa, apontou um elefante de granito que alguém estava usando como suporte para cinzeiro, e começou a rir.

Deitei a cabeça no encosto do sofá, fiquei passando a mão em meu colar de pedras. A imitação de safira quase encostava em meus seios, desprotegidos pelo decote da blusa de organdi. Tinha sido minha vizinha, Roberta, quem escolhera aquela blusa; costumávamos escarafunchar as lojas do centro em busca de roupas baratas para festas, e eu adorava as que tinham decotes, não sentia vergonha de ter peitos grandes. Aquela blusa, porém, eu achara um pouquinho vulgar.

— Não está demais não, Roberta? — eu me preocupara, com os olhos no espelho. Lembro que um freguês me lançou um sorriso entortado, enquanto passava pela seção onde estávamos — acho até que assobiou.

Fui acariciando as contas do colar, e esfreguei minha perna sob a perna do desenhista, pedi-lhe que pegasse mais uma cerveja. Ele afastou as costas do espaldar do sofá, preparou-se para levantar, e percebi como suas espáduas eram estreitas; senti vontade de tirar sua camisa, massagear-lhe o tórax que eu sabia coalhado de pequeninas tatuagens, quis ouvi-lo reclamar de minha pele fria estendida sem proteção sobre o corpo magro, sentir seus ossos machucando meus seios, minhas nádegas.

— Vamos embora, amor? — convidei-o, umedecendo com a língua meus lábios já sem batom.

Ele queixou-se; eu não tinha acabado de pedir que ele fosse pegar mais bebida?

— A gente bebe na sua casa.

— Não, Flávia, eu acabei de chegar, pega mal sair agora.

— Pega mal para quem? A irmã é minha — protestei, procurando um cigarro na bolsa.

O desenhista se preparava para ir até a cozinha quando a aniversariante surgiu no meio da sala, acompanhada do fotógrafo, e impediu meu namorado de sair do lugar.

— Mas você é inacreditável, hem? — disse Cristina, balançando levemente a cabeça. Parecia comovida.

— Eu?... — o desenhista balbuciou. Percebi que era do presente que minha irmã falava. Tive vontade de ir ao banheiro; senti uma farpa subir do estômago para a garganta, furando-a em vários pontos.

— Olha... não precisava — insistiu minha irmã, quase às lágrimas. — Não precisava mesmo.

Obriguei meus lábios a sustentarem um sorriso que se foi esgarçando, rompendo. Eu não sabia o que o desenhista tinha dado a minha irmã mas precisava fingir que estava a par da escolha, do gesto. Cristina olhou um instante para mim, como se pedisse permissão, e lhe deu um longo abraço. Depois se foi, já desfeita do emocionado susto, e sugeriu ao fotógrafo que desse closes nas bailarinas de madeira — três esculturas enfileiradas na varanda; eu tinha pensado que eram três chapéus de bruxa, não tinha enxergado direito.

Sorri para meu namorado e lhe perguntei do que se tratava a gratidão de minha irmã, mas meu sorriso não encontrava pouso, as pilastras de meu rosto eram folhas secas — ao menor aperto, se desfariam em migalhas.

Ele esclareceu que não havia comprado nada, não tivera tempo. Trouxera um quadro pintado por ele mesmo, nem sabia bem qual tinha pegado em sua desorganização de esboços, telas e fragmentos de rostos sombreados a nanquim. Eu não quis deixar o pensamento emergir e tomar ar, desejei que ele se afogasse com o resto das deslembranças, os pedaços de conjecturas. Mas ele chegou à superfície, entregou ofegante sua mensagem, e depois mergulhei-o novamente nas profundezas. Eu nunca tinha ganhado uma pintura do desenhista, uma natureza-morta, um esboço a lápis. Um rascunho.

15

"Não quero que você me interprete mal, Flávia", tinha dito a carta, "mas gostaria de dizer que você também tem culpa."

Noutro trecho: "Agora também não importa. Perdemos, Flávia, eu e você."

Eu tinha chegado em casa esquecida do envelope que repousava junto à conta de luz. Na hora em que recolhera a correspondência, reconheci a letra redonda, simétrica como uma pirueta de balé. Deixei, no entanto, para ler depois; tinha os vinte e cinco anos de carreira de Samir, a comemoração no boteco a que estávamos acostumados, suas conversas sobre os descaminhos do amor (apaixonara-se pela filha do maestro, nem o enxergava), sobre a degradação da música contemporânea e a do meu organismo, devastado pelos remédios – que ele me imaginava tomar: havia, na realidade, anos que eu abandonara a química, ao menos a mais pesada.

Na volta eu leria a carta: mas não seria melhor assistir a um filme, distrair a cabeça? Não, reconheci. Se eu adiasse

mais um pouco a leitura, viria o domingo, o dia mais solitário, a carta seria mais longa. Mais áspera. Iniciei a leitura, servindo-me de uísque:
"Cara Flávia."
Por que "cara"? Significava *querida*. Poderia ter começado apenas por "Flávia". Ou "Suportada Flávia:"...
Li até o final.
"Pare de tomar aqueles remédios", Samir tinha dito, minutos atrás, no bar. Não posso, Samir, não posso. Agora não posso! Lembro que fui passando as unhas no papel, espetando-as, devagar, depois com mais certeza, "preciso apagar essas linhas, preciso", amassei a carta, quis jogá-la na lixeira, cobri-la de esquecimento – outros papéis por cima, outras palavras. De quantas palavras precisaria para calar aquelas?
Peguei o telefone. Digitei os algarismos, sabia de cor. Mas amanhã era domingo; eu conseguiria num domingo?
"Cara Flávia:
Não queria dizer o que preciso dizer."
Minha mãe me contava histórias antes de dormir; meus ursos, duendes, gigantes, duelos – seriam idênticos aos que ela imaginava? Contava com energia, fazia gestos, imitava as bruxas engrossando a voz, "Eu sou a Bruxa do Bosque Turvo"; como seria esse bosque? Essa bruxa? Em minha cabeça eram negros os vestidos, as vassouras; porém brilhantes: os mocinhos e bandidos transferidos da voz de minha mãe para meus ouvidos brilhavam, faiscavam de vida.

Li de novo a carta, e meus dedos mortos eram mais um objeto no quarto que cheirava a álcool e cigarro. Olhei minhas unhas, pousadas no final da folha, o esmalte vermelho-escuro destoado de minhas veias agora exangues.

Como assim, eu também tinha culpa?

Segurei a testa com o dorso da mão; seria a hora de enlouquecer, enfim. Deixá-la transbordar – a loucura – sem receio de suas extravagâncias; encharcar-me de mim, deixá-las virem todas, como a fervura de um caldeirão – todas as lembranças, num impacto de cataclismo. A destruição das muralhas – erguidas tijolo por tijolo desde muito tempo – seria minha ruína mas também libertação.

– Pois que venham!

Levei um susto com minha própria voz reverberando no quarto. Que paredes compridas, aquelas. Secas. Tomei o último gole de uísque, desci, fui até a geladeira, havia de ter me lembrado de comprar cerveja; morar sozinha era enfileirar latas em prateleiras enferrujadas.

Fui procurar o telefone, estava sob a colcha, encostado à carta. Peguei-o com escrúpulo, digitei os números. Desisti.

– Então vou ligar para Samir – deliberei.

Sim, era só contar tudo a Samir e ser salva.

Mas e se ele não pudesse? E se não houvesse, na verdade, salvação?

Tive um impulso, sei que foi a zona limítrofe, admito que cheguei muito perto – mas não cedi. Tive um impulso de picar em minúsculos pedaços a carta, atirar pela janela e depois simplesmente esquecer. "Seria como se não tivesse acontecido!", cheguei a pensar, num triunfo eufórico. Um instante, porém: foi apenas um instante. Repeli a ideia – eu não estava louca! Não podia escolher acontecidos como quem escolhe tomates, com este fico, com este, não. Jogar fora os apodrecidos, os verdes, os indigeríveis – não poderia.

Iria dizer a Samir que viesse até minha casa, que me perdoasse o avançado da hora – eu também não tinha perdido a noite de sábado com as comemorações estúpidas de um piano, de uma carreira que tinha começado por causa de minha mãe? Que me perdoasse, mas que viesse. "Preciso compreender esta carta, Samir." Mas não quero!

Doralice dissera, um dia: "Sei que me ligou duas vezes esta tarde, a dona Eurídice deu o recado"; era o telefonema inventado, para que fosse mais rápido o processo de ensandecer-me, de necessitar de seus remédios, de suas palavras. Agora eram as palavras da carta; quando eu as dissesse a Samir, elas seriam reais. Depois, o espedaçamento – não sei se suportaria.

Dei voltas pela casa em busca de outro maço de cigarros – detestava minha própria mania de esconder as coisas de mim. Também aquela bagunça: roupas sobrepondo-se a papéis, talheres enterrados sob camadas e camadas de lingerie. As calcinhas da mulher de quarenta anos. Cristina agora tinha cinquenta, Samir lembraria; gostava de fazer contas.

"Se eu puder falar com Samir..."

Peguei novamente o aparelho, carreguei-o pela casa comigo, procurei o celular. Mas não lhe telefonei. Em vez disso, digitei os números que fazia tempo não digitava mas que ainda sabia de cor. Endureci a voz, não podia falar como uma bêbada. "Eu sou a Bruxa do Bosque Turvo!", ri, por dentro.

De repente, a voz do outro lado atendeu. Era hora.

Estava sobre os ladrilhos, frios como o domingo torcido de chuva. Meus soluços eram o resultado de minhas escolhas, minha vida era o resultado. Se ao menos eu deixasse Samir impedir o caos, soprar a névoa.

Interrompi meu próprio pranto rouco e deixei o silêncio entrar antes de atender a porta. Teriam ido embora? Somente os pingos de chuva, agora mais espaçados. Fechei os olhos com força – pensar só mais um pouquinho: não faria mal! Desejei vê-lo e o vi. O desenhista. Em meu pensamento, deixei que viesse inteiro, não refreei nenhuma imagem, nenhuma lembrança. Se fosse ele a pessoa que estava do lado de fora de minha casa, eu abriria a porta como se abrisse uma concha. Dentro dela, o brilho.

16

— O brilho, dentro dela! – gritei. – Dentro dessa caixa, Roberta.

Minha vizinha apanhou o bastão que continha o líquido cintilante; emplastramos os lábios e pegamos rímel, sombra e pó de arroz, pusemos tudo.

– Será que sua mãe não vai brigar? – apavorava-se Roberta, era muito medrosa.

– Ela está lá tocando, não está ouvindo não?

Enquanto soasse o Chopin, poderíamos explorar o quarto com os baús e as caixas proibidas, fantasiarmo-nos de mulheres.

– Você está ridícula com esse brilho, seus lábios parecem um tomate cortado ao meio! – falei, sem conseguir prender o riso, que veio cruel.

– Você também está horrorosa.

E depois:

– Nem parece que é filha da sua mãe; ela é tão bonita.

Minha reação foi imediata: uma raiva transmutada em arrepio; vi os pelos de meus braços eriçarem-se. Quis cuspir em Roberta.

Chamei-a para olhar um porta-joias:

– Vamos pôr esses colares, anda.

– Sua mãe vai subir, Flávia, vai chamar para o lanche!

– Dá tempo, vem cá. Eu conheço a música, ainda está no meio.

O rádio de pilhas, ligado numa entrevista juvenil, estava sobre a cômoda de minha mãe; sentíamo-nos donas daquela casa, daqueles acessórios, da feminilidade que ainda não nos pertencia. Ouvi os passos afundados vencerem lentos os degraus; era minha avó.

– Tranca a porta, Roberta – ordenei.

Ela obedeceu. Vovó bateu, gritou que o leite já estava fervido, eu não queria os biscoitos de nata? Ela havia feito.

– Já vamos, vovó, estamos ouvindo um programa sobre matemática.

Podia ter-nos mandado destrancar a porta, mas não mandou. Escutei os passos fazendo o caminho inverso, fui abrir a porta e corri com Roberta para o banheiro: que tirássemos aquilo tudo.

– Estamos duas palhaças.

– Não estamos não, Roberta, você é que não entende dessas coisas. Eu tenho duas irmãs, e minha mãe sabe se pintar.

Acho que ela se sentiu ofendida, a mãe era manicure, vestia-se com simplicidade. Eu às vezes espicaçava minha vizinha, sem querer, lhe perguntava: "Sua mãe não sabe tocar nenhum instrumento não?"

Aquela parecia uma tarde como qualquer outra que eu vivera naqueles treze anos. Depois do café, Roberta e eu descemos até a pracinha, olhamos as bicicletas cruzar o quarteirão, espantamos os cachorros. Na padaria, pedimos dois picolés de uva e ficamos lambendo no banco de madeira; ao lado havia um homem lendo o jornal, lembro que saiu dali, falávamos alto. Da janela, minha mãe gritou que era para eu não esquecer o pão; meu pai iria chegar dali a pouco.

– À noite temos o casamento, não esqueça, Flavinha – ela dissera, do piano. Não sei onde minhas irmãs estavam, mas eu vibrava com a ideia de passar uma noite sem meus pais em casa, só com os avós, que não prestavam muita atenção ao que eu fazia. Convidei Roberta para sairmos.

– Sua mãe não vai deixar – ela avisou.

Eu estava planejando pegar o ônibus e ir até a praia de Copacabana, queria comprar bijuterias com os hippies que estendiam os badulaques nas esteiras, andava sonhando com um colar de conchas.

– Sua mãe nunca vai deixar, Flávia!

Mas ela ia sair também, não ia? Era só pedir à avó, dizer que seria rapidinho.

Assistíamos à televisão lá embaixo, na sala, e minha avó lavava a louça. No quarto, meus pais aprontavam-se para o casamento; iriam de carro. Meu pai não gostava de dirigir mas um amigo, também enfermeiro, emprestara o fusca; eles não precisariam chegar à igreja de ônibus, o vestido novo de minha mãe não ficaria sujo de graxa ou poeira.

Eu não conseguia prestar atenção ao desenho animado; estava ansiosa por ver minha mãe arrumada como uma princesa, de salto alto, o coque borrifado de laquê. O telefone tocou e ouvi-a gritar de lá de cima:

— Atende, Flavinha!

Era Samir, o aluno. Queria saber se poderia vir no dia seguinte, um sábado. "Diz que sim", consentira minha mãe. "Fala para ele estudar a sonata, que amanhã vou querer ouvir inteira."

— Amanhã...

Dei o recado, e minha mãe apareceu no topo da escada. Estava de azul-turquesa, os sapatos no mesmo tom, só que um pouquinho mais escuros.

— Onde você conseguiu essa bolsa, mãe? — perguntei, reparando a pequenina bolsa bordada de lantejoulas que pendia de seu ombro nu.

— Comprei, ué.

E deu-me um beijo, despediu-se de Roberta. Foi muito de repente; quase nem percebi enquanto acontecia, só desconfiei quando minha vizinha terminou de cochichar algo no ouvido de minha mãe.

— Ah, é assim, Flávia Maria?

Estranhei o tom duro, as mãos na cintura. Estava de unhas feitas, um tom leve, claro; lembro que fiquei olhando os dedos longilíneos, a aliança embaixo de um anel de pedra, o esmalte lustroso nas pontas.

— Ia sair sem me avisar? – ela quis confirmar, ressentida.
Olhei para Roberta querendo matá-la. Dedo-duro, pensei, nunca mais iria chamá-la para minha casa.
— Se a sua amiga aqui não me contasse, eu só iria saber amanhã, não é, dona Flávia?
Amanhã...
Meu pai desceu, tinha escutado tudo.
— Saber o quê, Eleonora?
Quando minha mãe explicou, ele me pôs de castigo. Mandou Roberta ir para sua casa, desligou a televisão e recomendou a minha avó que não me deixasse sair do quarto. Antes de subir, olhei para os dois com fúria – ele de terno cinzento, sapatos brilhantes, minha mãe exalando o perfume de flores e o laquê, e eu com os chinelos de dedo que não disfarçavam as perebas, a blusa listrada e sem forma, sem o colar de conchas, e só podendo usar maquiagem se fosse escondido.

Apoiei-me ao corrimão e me lembro de que senti um cheiro de suor, era meu; iria para o castigo sem ter tomado banho. Olhei meus pais, que já abriam a porta da rua, e foi nessa hora que gritei o que queria gritar, gritei tão alto que fiquei ensurdecida; foi a última coisa que lhes disse.

"O que você disse, Flávia?"

Na vertigem que antecedeu o grito, meus olhos semicerraram-se, e uma nuvem enegrecida ameaçou embaçá-los. Também não importava: eu não queria mais olhar minha mãe e meu pai vestidos para a festa, a última – o acidente tinha sido na volta. Havia um nódulo em meu esôfago, e eu precisava desfazê-lo, precisava transformar a raiva insuportável em algo palpável, deixar que virasse voz, saísse de dentro de mim. Que chegasse até eles, que eles não gostassem – não importava, eu precisava livrar-me daquele tijolo enterrado na garganta. Apertei o corrimão com força, lembro que imaginei apertar o braço de minha mãe, fincar as unhas no rosto barbeado de meu pai – feri-los.

Foi como se um demônio saísse de dentro de minha boca; arranhei o corrimão com as unhas, aspirei o ar estufado e gritei a frase derradeira. Minha mãe olhou para mim com uma ternura preocupada:

– O que foi que você disse, Flavinha?

Eu disse...

17

Roberta tinha falado, assim, como quem não queria nada, no meio de um bocejo e enquanto passava a mão sobre o tecido de uma blusa de lã:

– Sua irmã e seu namorado se dão bem, não acha, Flávia?

Olhei para ela. A última coisa em que eu queria pensar naquela hora era em namoro. Minha chefe tinha descoberto que eu não acabara de redigir uns relatórios, e eu precisava usar o horário de almoço para pensar, chegar a uma solução. Algo que a demovesse da ideia que com certeza ela havia muito alimentava: a de me despedir. E logo agora, perto das férias! Tinha pedido ajuda a Roberta, mas ela não gostava de interferir; na verdade, não entendia de assuntos ligados ao mundo do trabalho. Minha antiga vizinha – que agora morava em São Cristóvão, numa casa ainda pior que a outra – ia ficando a cada dia menos interessada em conversas que não versassem sobre roupas, comida e crianças; estava com tantos filhos que acho que até hoje não cheguei a conhecer todos.

— Mas é bom que seja assim, não acha, Flávia?

Comecei a sentir-me profundamente irritada. Chamei a vendedora, avisei que queria experimentar um suéter, ela disse que a loja não possuía provadores.

— Mas isto é um desrespeito ao consumidor — ouvi-me falando.

— Se não está satisfeita, procure outro lugar, senhora — recomendou-me.

Roberta puxou-me para fora; abafava o riso com as mãos, parecia uma freira.

— Vamos tomar um refresco, Flávia.

— Não estou com sede.

Comentou que eu estava azeda aquele dia. Fomos embarafustando pela rua da Alfândega, àquela hora hirta de gente.

— Ainda bem que não está calor — observou Roberta, generosa. Percebi que ela media as palavras, ia dizendo tudo com certa cautela, como se afofasse a terra das frases com a delicadeza necessária para não chegar aonde queria bruscamente e, ao mesmo tempo, sem se estender demais nos preâmbulos a ponto de me aborrecer.

Entramos numa lanchonete, e ela pediu dois refrescos de caju; o homem avisou que podíamos comer dois salgados praticamente pelo preço da bebida, Roberta aceitou. Perguntou o que eu queria, quis um pastel, perguntou com qual recheio, mandei que escolhesse por mim. Lembro que o tempo ia-se nublando; acho que cheguei a ouvir uma tempestade formando-se titubeante atrás dos edifícios.

Fez mais uma tentativa; comentou como era bom quando a família se dava bem, entretanto, quando todos ficavam muito próximos, eram muitas opiniões, ficava mais fácil haver desentendimentos. Não cedi.

– Roberta, tenho só mais quinze minutos – suspirei, engolindo o resto do recheio cuja carne estava um pouco crua. – Você vai me ajudar a arrumar uma desculpa para dar à Estefânia ou não?

E chamei o rapaz, pedi a nota. Roberta pôs sua mão sobre a minha, entendi que desejava pagar. Fiquei em silêncio. Seus olhos cresceram alguns centímetros – eu conhecia o gesto havia muito; significava que iria dizer algo que para ela era um sacrifício. Quando éramos meninas e ela precisava dar-me más notícias – como quando estragou minha bicicleta num tombo –, arregalava aqueles olhos pretos, e eu engolia em seco. Mordi os lábios, perdi a fome e a sede.

– Flávia...

Ela tinha dito que era muito bom meu namorado e minha irmã terem um relacionamento pacífico, não tinha sido isso?

– Vou falar de uma vez, para doer menos – decidiu, fazendo sinal ao garçom que aguardasse um instante, ela já ia pegar a carteira. – Vi seu namorado sair do Teatro Municipal com outra mulher. Era Cristina.

Cristina e o desenhista? Eram dois artistas, protestei, nada impedia que ele fosse vê-la dançar. Mas por que eu não estava junto? Talvez tivesse sido num dia de trabalho?

— Estavam de mãos dadas, Flávia... Quando me viram, soltaram as mãos. Eu estava passando de longe, tinha ido levar a Sarinha até a Cinelândia, era uma excursão para a Biblioteca Municipal.

O desenhista e minha irmã? Não era possível, porque, se fosse verdade, se houvesse uma mínima chance de aqueles delírios de Roberta terem respaldo no mundo real, eu já teria percebido. Já teria desconfiado, eu era perspicaz; desde criança sabia direitinho quando as pessoas mentiam. Meu pai torcia o nariz, Maria Célia tossia. Cristina...

— Vamos embora, Roberta.

— Como assim, Flávia, você não vai dizer nada? Não vai xingar, ou pelo menos negar isso tudo? Fala alguma coisa, não entendo como alguém pode ser frio a este ponto!

Roberta sempre fora uma mulher comum, tinha os pensamentos simplórios, as conclusões. Vira o desenhista numa atitude de afeto com a cunhada, eram ambos artistas, artistas viviam se tocando, se sentindo.

Gostava de Roberta, mas ela era uma pessoa pouco sofisticada, quase retrógrada, limitada.

— Não consigo entender esse seu estoicismo! — ela completou. Cobri o rosto com as mãos, implorei que saíssemos dali.

— Estou enjoada, Roberta, estou passando mal, acho que o salgado estava podre. Ou então estou grávida.

— Você, grávida?

— Vamos embora daqui pelo amor de Deus!

Não podia estar grávida pois era rigorosa nos contraceptivos. Além do mais, o desenhista ultimamente – levei a mão à boca, olhei um bueiro ao fundo da rua, agora iria passar mal, não haveria como evitar. Engoli com toda a força, resisti.

"Você, grávida?" Como se eu não pudesse! Como se já não tivesse acontecido, tantos anos atrás. Lembrei-me dos chás, dos remédios, das poções. Teria sido menino? Uma menina parecida com minha mãe? Diziam que os filhos puxavam aos avós, era isso? Fui caminhando de volta para o escritório, como uma louca, com uma das mãos espalmada sobre a boca, a outra na barriga, a bolsa estremecendo em minha cintura escurecida pelo casaco impessoal, pela calça masculina, os sapatos de sola baixa. Não andava valorizando o ato de me arrumar ultimamente. Roberta tocou em minhas costas, estava apertando o passo atrás de mim, tentando me alcançar. Fez-me uma pergunta, eu cortei-lhe as intenções de sepultar meu dia já moribundo, mandei que ficasse quieta, ela não tinha que mandar algum filho para a escola, fazer almoço, jantar, a puta que pariu?

– Flávia, essas coisas machucam mesmo, mas a gente precisa falar, não pode fugir.

"Preciso falar em assuntos de serviço, Roberta", bradei por dentro. "Estou sendo despedida e você não liga a mínima!" Homens eram secundários, havia homens por todo lugar. Quanto tempo tinha aquela relação claudicante? Nove, dez anos?

— Não sei se você já tinha notado alguma coisa entre os dois, eu às vezes achava estranho, aquela intimidade, mas enfim...

Não, não havia nada e nunca tinha havido! Cristina era minha irmã, jamais faria aquilo comigo. Talvez ela, sim, ela, Roberta, que não era meu sangue. Mas Cristina — era bailarina, romântica, tinha as emoções à flor da pele. E havia a gratidão, a eterna gratidão por aquele quadro, o do aniversário. Teria ganhado dele outros quadros? Escolhidos "a esmo", na correria dos dias ocupados de artista?

— Não, Roberta, nunca notei nada, nunca notei porque nunca teve. Fique em paz, o desenhista avisou que ia ao Municipal ver a apresentação da Cristina — menti. — Eles andam de mãos dadas, os artistas, já cansei de ver, os fotógrafos com as bailarinas, os desenhistas com as alunas, é tudo muito comum, Roberta, tudo normal, ouviu?

O quadro. Escolhido às pressas. A esmo. Na festa de onde o desenhista não queria sair, foi lá que o vi pela primeira vez, o quadro. Primeiro no embrulho oferecido na varanda. Depois, pendurado no quarto dela — relanceei quando fui ao banheiro. O papel de presente cuidadosamente dobrado sobre a cama. Foi o único presente que ela usou no dia, na hora. Os outros ficaram amontoados sobre a colcha; o do fotógrafo puxa-saco era um pote com umas pintas de onça, duvido que Cristina o tenha usado algum dia. E havia o meu, qual tinha sido meu presente? Não lembrava, mas escolhera com Samir, numa tarde roubada ao escritório. Fiquei com medo de ser simples demais, Cristina era exigente. Samir dissera, "Gasta com você, Flavinha, sua irmã é cheia de coisa, o que quer que a gente compre, ela vai desdenhar mesmo". Um conjunto de lingerie – tinha sido isto. Rosado, com apliques em renda, paguei em três ou quatro vezes. O desenhista teria visto aquele conjunto? Teria tocado no pano, rasgado a renda cuidadosa na sofreguidão descuidada que eu tão bem conhecia?

Ainda no elevador para o escritório, abri a bolsa, voraz, peguei um comprimido branco e um colorido. Doralice estava certa: era preciso ser humilde o suficiente para aceitar a necessidade de tratamento. Os algarismos do décimo andar piscaram junto com o barulho de aviso, a porta abriu-se e expeliu a pequena massa destinada àquele piso. Pus as duas pílulas sobre a língua; agora era só pegar um copo d'água e logo tudo ficaria organizado de novo. Como uma cama desarrumada e derramada de pijamas sobre a qual se jogasse, delicadamente, uma colcha grossa. Colorida.

18

— Não sei, Doralice, não lembro direito – admiti, provavelmente roendo as unhas; dava largas ao cacoete em situações de nervosismo.

Minha psiquiatra aprumou-se na cadeira de espaldar alto, almofadado, jogou os cabelos escovados para trás e pigarreou levemente. Sua voz saiu baixa; quando se tinha razão não era preciso gritar.

— Então, Flávia, é o que estou te dizendo, você tem tido uns lapsos de memória. É necessário aumentar a dose.

Mas eu já estava com três comprimidos diários! Duas sessões mensais! Fazia uma eternidade que não comprava roupas, bijuterias, chocolates – todo o salário consumia-se com Doralice.

— Lapsos de memória? – repeti, sem fazer muita questão de esconder o estranhamento. Olhei-a como se fosse ela a louca. – Nunca percebi isso não, Doralice.

Se percebesse, estaria curada, ela pensou, naturalmente. Fiquei ali malbaratando os últimos minutos da consulta, imaginei as notas, as moedas, como se fossem barquinhos de papel sobre um riacho. O curso desembocaria numa cachoeira, não teria volta. Para os barcos. Esfreguei as mãos, devo ter roído mais unhas, senti uma leve pontada na cabeça.

— Não estou entendendo, Doralice, sei que tenho essas coisinhas, esses traumas. Também perdi meus pais de uma vez só, puxa vida! Mas minha memória... Eu nunca repeti na escola, não era má aluna, gostava de palavras cruzadas, você costuma fazer? Eu sempre fiz direitinho, também não dou muitos furos no escritório... Será que você não está...?

— Não estou nada, Flávia, estou apenas fazendo meu trabalho. É melhor mudar enquanto é tempo, senão depois...

Senão depois você faz cinquenta anos, vira uma maníaco-depressiva, uma esquizofrênica.

Aceitei tudo, acatei tudo, acomodei com fervor de mãe as receitas que ela prescreveu veloz, enquanto atendia um telefonema, em minha bolsa já guarnecida de três caixas com tarjas negras. "Se Samir visse isto, diria que era melhor abrir logo uma farmácia", lembro que pensei, antes de sair do consultório. Doralice fechou a porta atrás de mim, eu lhe desejei um bom final de semana, e quando fui me despedir da secretária, dona Eurídice, dei com Samir ali, na sala de espera, folheando uma revista de farmacologia.

— O que você está fazendo aqui? — perguntei, indo até ele e o abraçando. Tinha ficado de pé, estava ajeitando os óculos, abraçou-me também.

— Vim te buscar.

Tive uma estranha vontade de chorar enquanto descíamos as escadas – o prédio de Doralice era antigo, não possuía elevador. Samir talvez soubesse melhor do que eu o motivo daquele choro que quase se despregou de minhas células. Achei melhor, contudo, deixá-lo lá mesmo, acumulado aos outros mais antigos, como numa fileira interminável de prisioneiros. Samir convidou-me para um café; estávamos no centro. Por que não vamos à Confeitaria Colombo, ele sugeriu. Aleguei que andava meio sem dinheiro, ele logo argumentou que pagaria tudo; então eu não sabia que a carreira musical estava indo de vento em popa?

— Que exagero, Samir – falei, balançando a cabeça com vigor, acabei sentindo mais fortes as pontadas. – Todo o mundo sabe que não dá para ficar rico sendo músico no Brasil.

Ele riu; quem tinha falado em tornar-se rico? Aos poucos foi deixando os assuntos ficarem leves, quase gasosos; e quando falávamos sobre o tempo – se choveria, se haveria sol, se a praia estaria cheia –, o antigo aluno de minha mãe cruzou os braços sobre a mesa, tendo antes afastado sua xícara, e encarou-me com as pupilas dilatadas; lembrei-me de Roberta e suas más notícias.

— Flávia, como seu amigo e amigo antigo de sua família, me sinto no dever de te alertar: larga esse cara que você está namorando, esse pintor. Ele não presta.

Senti um desconforto no estômago, revivi o encontro de dias atrás com Roberta. Ou a conversa com Samir acontecera antes? Não me lembraria agora. A memória não se tinha tornado um amontoamento de lapsos?

– Como assim, não presta?

Alegou que o via sempre "andando por aí", e na véspera, um dia de semana, dera com ele numa boate, num canto escuro. Cheirava cocaína e beijava uma mulher de um modo desbragado, parecia um bicho. Completou que a mulher era loura – seria Cristina?

– Isso é hipocrisia sua, Samir – atalhei, desesperada. – Você e eu já puxamos fumo juntos, agora você vem dar uma de moralista.

Samir descruzou os braços, arregalou mais ainda os olhos por trás dos óculos também maiores.

– Flávia, você ouviu o que eu disse? – ele quis confirmar, incrédulo.

– Ouvi, ué.

– Eu disse que ele está saindo com outras, o cafajeste está te traindo, ouviu direito agora? E você acha bom estar casada com um drogado? Ele está te dando cocaína, é isso? Ou pior, fazendo você comprar para ele. Se for assim, não sei para que você fica aí queimando dinheiro com essa porra de psiquiatra. Droga por droga...

De novo o espasmo no ventre, a tontura, as pontadas na cabeça, a vontade de vomitar. Apalpei a bolsa; estava na hora de tomar o comprimido colorido?

– Samir, nenhum homem é fiel... – defendi, olhando para os lados.

Na confeitaria entravam senhoras com vestidos elegantes, modos educados. Minha mãe poderia ser uma delas; havia uma, lembro que havia uma que se parecia com uma pianista – tinha dedos longos, a coluna ereta. Pediu uma fatia de torta, fiquei olhando, da mesa, para o prato de louça brilhosa, para o doce com cobertura glaçada, os morangos em cima. Ia lembrar-me das sobremesas que minha mãe às vezes fazia, mas não lembrei. Desejei parar, como um automóvel que simplesmente se desliga. Não desaparece, não morre, não dorme – apenas não funciona mais.

– Flavinha?...

Olhei para Samir. Eu não iria chorar, não queria. Nunca tinha chorado na frente de ninguém, só do desenhista. Detestava chorar em público, expor-me a quem não merecia. Por que Samir estava fazendo aquilo comigo?

– Não quero ser inoportuno, entende? Mas preciso te avisar, Flávia, amigo não é para isso?

– Eu sei, Samir, eu sei...

– Pois então. Você já é bem grandinha, mas, sei lá, foi criada assim, sem pai, sem irmão, sem alguém para te defender.

Abafei o riso, que quase veio em forma de soluço, de pranto represado.

– Você está me tratando feito criança! – repreendi-o.

Uma mulher loura, ele tinha dito? Se fosse Cristina, ele teria dito, "com Cristina". Se dissera somente *uma mulher*, era porque o vira com outra pessoa. Minha irmã não estava me traindo.

– Você nunca percebeu nada nele? – insistiu Samir, bebendo só agora o primeiro gole de café. Devia estar frio.

Comecei a sentir-me aborrecida. Enfastiada. Por que as pessoas, afinal, precisavam dar palpites em minha vida? Eu sabia das boas intenções de Samir, mas também ele nunca aprovara o desenhista; quando calhava de nos encontrarmos, os três, ele mal cumprimentava meu namorado.

– Deve ter percebido, não é, Flávia? Quantos anos tem essa relação de vocês? Quase uns dez, creio eu.

– Credo, Samir, comecei a sair com ele com vinte e um anos, estou tão velha assim? – espantei-me, fazendo as contas. – Puxa, é mesmo, já tem quase isso.

– Não importa, Flávia. Sempre é tempo de mudar, sabia?

E enfiou de novo os afiados olhos nos meus. Senti um fiapo de raiva brotar, como erva daninha.

– Sempre é tempo... Você pode largar isso tudo quando quiser, Flavinha: esse pintor aí, a tua neurologista, essas porras de remédios...

– Neurologista não: psiquiatra. É diferente, meu querido – corrigi, sem ânimo. A velha da torta já tinha terminado de comer e agora palitava os dentes.

– Samir – resolvi perguntar, de repente. – Você acha que eu tenho boa memória?

Ele quis saber o porquê da pergunta, acusou-me de estar mudando de assunto. Ignorei-o:

— Eu acho que minha memória é normal, escuta aqui, vê se não está certo: "Vento é um cavalo: ouve como ele corre pelo mar, pelo céu..."
— Por que você está recitando isso?
Contei-lhe de meus lapsos de memória, do telefonema que Doralice garantiu ter recebido e que eu não recordava ter feito. Enquanto eu falava, um pouco arfante, Samir apertou os olhos, coçou a testa, aproximou a cadeira, apoiou os braços no tampo da mesa.
— Flavinha... — suspirou, com preocupação na voz. — Esses remédios estão mexendo com você.
— Pode ser, Samir, pode ser — aquiesci, porém sem convicção. — Mas quando a gente está louca, no fundo sabe, não sabe?
Ele esperou, em silêncio.
— Então: no fundo *eu sei*. Eu sei que não telefonei para ela, entende?
Gostaria de ter entrado no cérebro de Samir e esgaravatado seus pensamentos, como se escandisse o juízo que fez de mim em pequeninos vocábulos concretos, não inaudíveis. Transparentes, acessíveis.
O que ele teria pensado de mim?
— O que essa mulher diz não importa, Flávia — ele concluiu, de certa forma decifrando, ele e não eu, os pensamentos. Devassando-os.
— Importa porque eu pago para ela me curar, porra.
— O que importa, filha, é o que você pensa de você, o que sabe e principalmente o que quer. O que você quer, Flávia?

Continuei sentada sobre os ladrilhos ainda frios.

O que você quer, Flávia?

Poderia também não atender a porta nunca, não tinha obrigação.

Mas por que aquelas descabidas lágrimas não paravam de atrasar-me o dia? Eu não poderia abrir a porta daquele jeito, o rosto inchado, molhado, devassado também. Não era nada bom ter uma casa que era um cemitério – não os corpos, mas a imagem insepulta incomodava. A imagem dos pais, dos avós, daquela gente toda que um dia ocupara aqueles cômodos, dos pés que tinham riscado o piso em infinitos desenhos entrecruzados no chão, as vozes que tinham ecoado por aquelas paredes, agora estupidamente surdas.

Levantei a cabeça e pensei no que Samir tinha dito: a escolha cabia a mim. Levantei também o corpo – eu tinha decidido, iria atender quem estava do outro lado da porta fechada. Girei a chave.

19

Eu estava correndo e de súbito minhas pernas perderam a força. Atrás de mim, um incêndio – em sonhos os incêndios têm pernas também, este me perseguia em altíssima velocidade. "Vou morrer, vou morrer", percebi, fazendo um esforço descomunal para sair do lugar. Era um bosque, mas havia elefantes, prédios, vendedores de frutas. A dor para vencer a dormência dos membros inferiores já se ramificava pelo corpo todo; minha virilha ardia, o ventre estava prestes a explodir junto com a cidade – com o bosque.

"Preciso escapar", pensei, escrava daquele mundo que sobrevivia a despeito de meus olhos cerrados, minha respiração estável. "Não posso desistir agora, preciso escapar!" Arranquei-me de onde estava; havia uma cachoeira à minha esquerda, o fogaréu atrás. O sacrifício que fiz para me mover fez-me pensar, dentro da memória do sonho, na vez em que tinha tido de transportar um vaso para minha avó. Eu devia ser ainda pequena, e havia aquela aberração de vaso, como se fosse uma bilha gigante, com terra até a boca. Cismei de obedecer minha avó à risca e quase desloquei algumas vértebras. A força que fazia no sonho era aquela; uma força descomunal. O fogo chegou a tocar minhas costas, mas aí despertei.

Olhei à volta; tudo ainda escuro, exceto por uma lâmpada avermelhada que o desenhista atarraxava numa tomada acima do rodapé. Joguei para o lado o edredom, arranquei a camisola e fui até o banheiro. Estava suada, desassossegada de calor, o que explicaria o incêndio onírico. Acendi a luz e apanhei um jornal que estava caído perto do bidê, comecei a ler sobre a fome no mundo; os índices aumentavam, e a produção de alimentos procurava alcançar os bilhões (trilhões?) de bocas, mas a distribuição ainda era ineficaz. Li sobre o desbarate nos países ricos, senti remorso pelas sobras que eu atirava diariamente na lixeira da cozinha, enchi meu dia de bons propósitos. Toquei a descarga, puxei a calcinha, fui abrir a janela do quarto.

O desenhista dormia pesado, não escutou o estrondo que as vidraças caquéticas fizeram ressoar pelo quarto, não sentiu quando um bem-te-vi deu um rasante até o parapeito — encolhi-me num canto. Olhei para ele. Dormia com o cotovelo apoiando a boca, roncava baixo e rouco, não tinha desfeito o rabo de cavalo. Vi a rodinha de saliva sobre o antebraço, pus um joelho sobre o divã e afastei umas mechas de sua fronte, estava tão quente.

Voltei para a janela e fiquei ali, deixando o vento noturno acalmar minha sudorese, refrescar-me as carnes totalmente descobertas, a não ser pela calcinha – estava escuro. Não sei se me lembraria daquela madrugada se não tivesse sido ela a antecessora de um dia longo, arrastado. Foi o dia em que o desenhista terminou comigo; explicou-me, ali mesmo, em seu quarto embaraçado de papéis, telas, tintas, cadernos desfolhados, incensários e vasinhos de violetas, que precisava estar sozinho, pensar o que faria da vida.

Eu sabia que ele tinha suas amantes, mas não me importava: por que então ele não ficava comigo assim mesmo, já que poucas mulheres permitiriam dividi-lo como eu permitia?

– Podemos resolver isso tudo, amor... – disse, vestindo a camisola e passeando com as mãos obstinadas nas falhas de sua barba. Estávamos sentados sobre o divã, onde uma listra de sol incidia deixando o roxo da colcha tão resplandente que os olhos ficavam abrasados, machucados.

– Não, Flávia, estou precisando desse tempo, vai ser melhor para nós dois, acredite.

– Por quê? Eu fui ruim para você, fui? – perguntei, roendo as unhas em desatino, com os cabelos enodoados grudando-se em minha pele úmida de suor, sem sutiã, sem a menor vontade de me vestir. De me enfrentar.

– Não, Flávia, você foi ótima.

– Então por que, amor, por quê? – teimei, apertando a camisola contra minhas coxas. Como estavam descoradas e cabeludas; gordurosas. Pensei nas pernas de bailarina de minha irmã. Ela nunca se descuidava da depilação, não se esquecia dos cremes, hidratantes, sabonetes perfumados. O bolo que já se tinha formado no estômago subiu até o céu da boca: o desenhista estaria me largando para ficar com Cristina?

— Amor, eu não ligo de você dar suas puladas de cerca, eu não me importo! — avisei. — Pode continuar! Você é homem, tem suas necessidades, eu sei que não dou conta de sua energia, às vezes fico tão para baixo... Também, com esses remédios, eu acho que tomar muito remédio baixa nossas resistências, não é não? Deixa a gente meio assim, sonolenta, às vezes. Desanimada da vida.

Ele manteve-se em silêncio.

— Você acha que esses tratamentos estão me deteriorando?

— Não sei, Flávia, não sei. Olha, preciso sair agora, tenho que dar aula. Você não vai trabalhar?

— Estou de férias, esqueceu?

Ele explicou que não, não se tinha esquecido. Precisava sair, disse. Para onde? Eu nunca tinha ido à escola onde ele lecionava, nunca confirmava o que quer que fosse, não inquiria, não conferia. Imaginei se Cristina costumava ir encontrar-se com ele quando saía do balé, se iam ambos tomar um vinho, de mãos dadas. "Soltaram as mãos quando me viram", tinha dito Roberta. Mas Roberta não era confiável, inventava as coisas naqueles seus dias vazios de obrigações, em sua vida de trocar fraldas, dar mamadeiras, que preguiça de vida, lembro que pensei.

Minha vida também ia ficar vazia; dali a alguns segundos ele iria embora para sempre, e eu teria de despir-me da camisola, empurrar meu corpo até o chuveiro, obrigá-lo a lavar-se, depois precisaria arrastar meus pés até a casa – trancar antes o apartamento, o desenhista tinha pedido. E a chave?, eu perguntara. Ele disse que não havia problema, pegaria comigo depois. Ou que eu jogasse debaixo da porta, se preferisse.

Com o tempo foi preciso serem feitas – as confissões. Cristina apareceu de supetão em minha casa, declarou que precisávamos conversar. Desejei não ver minha irmã nunca mais, gritei palavras rachadas, cortantes. Estilhaços de minha dor cristalizada.

– Nos apaixonamos, Flavinha, é coisa que não se controla!

Mas bailarina não precisava exercitar sempre o autocontrole? Quis arrancar-lhe os cabelos, crivar aquelas suas carnes comedidas com meus dentes, minhas unhas, enchê-las de buracos. Até que minha irmã virasse um monturo amorfo, como eu. Um infeliz acúmulo de células, ossos e nervos sobre o qual era preciso lançar vestimenta e comida.

Cristina estava, entretanto, distante de tudo aquilo; vivia seu auge, era amada pelo homem que eu entendera amar a mim. Em seus olhos flamejava a vontade de viver, a *anima mundi* que eu não conhecia. Não agora.

Queria matá-la mas não sabia como me mexer, como me desplantar da cadeira onde estava, à luz fraca da cozinha cujo teto ficava a quilômetros do solo. Odiava aquela casa antiga, odiava! Cristina facilitou as coisas:

– Pode brigar comigo, Flávia, eu sei que você está brava. Não fica aí quieta ruminando, não faz bem.

Fiquei olhando para o chão; havia uma formiga atravessando sozinha as lajotas vermelhas. Como eu estava enxergando um bicho tão minúsculo no escuro do chão? Na noite de luzes lassas? Sinal de que minha vista andava melhor que a memória; me deu vontade de parar de vez com os remédios. Surpreendi-me comigo: minha irmã estava levando embora minha vida, e eu olhava um inseto e me atrevia a desafiar um tratamento psiquiátrico que eu raramente havia questionado.

– Ouviu, Flávia? – ela quis confirmar.

– O quê? Olha aqui, Cristina, me faz um favor. Diz para o desenhista que a chave dele ainda está aqui, se ele quiser apanhar...

– Aquela da fechadura antiga? Eu detestava aquela porta, Flávia, mandei trocar. Apartamento cafona o dele, não acha?

E riu-se, balançando a cabeça loura para um lado, para outro. Com o peso de um golpe, constatei como elas se pareciam – Cristina e minha mãe. Mas minha mãe nunca faria uma coisa dessas comigo, nunca me roubaria a felicidade – há quanto tempo estavam juntos, aqueles dois? Não carecia saber. Senti uma leve pontada na cabeça; minha mãe seria capaz de fazer algo assim? Se eram tão parecidas... Desejei perguntar-lhe, senti o velho ódio revolver-me o estômago – precisava perguntar e não era mais possível, não seria mais possível ouvir.

– Cristina, você se importa de ir agora? Não estou me sentindo bem – justifiquei.

– Já estou de saída mesmo. Você quer um comprimido para dor de cabeça? Acho que tenho na bolsa.
Manda sua bolsa para a puta que pariu, quis dizer a ela.
– Não, obrigada, tenho aspirina aqui.
E saiu, deixando atrás de si o hálito mentolado, que se embrulhava na nuvem de outros perfumes, talvez franceses, talvez presentes do desenhista. Ouvi a porta se fechar. Um ruído bruto, para uma mulher tão refinada. Cristina precisava revisar seus modos, nem parecia uma bailarina.

20

A praia estava quase deserta; continuei caminhando e às vezes relanceava o calçadão, desejava avistar os vendedores de coco, os artesãos, os hippies – encontraria um colar de conchas na frialdade acobreada da manhã?

Tinha sido bom perder o sono. Se o ônibus tivesse passado mais cedo, eu teria chegado a tempo de ver o nascer do sol. Samir gostava, dizia que uma vez por ano madrugava no Arpoador a fim de assistir ao espetáculo, às vezes só, às vezes com alguma namorada, Samir namorava pouco.

O sono. Tão meu conhecido nos tempos antigos, e agora, finalmente, mais afastado de mim. Descosturado. Desde que parara com os remédios, vinha observando que uma energia nova, ou renovada, surgia aos poucos da caverna, espreguiçava-se, abria caminho pela neve. Andava sentindo vontade – não apenas obrigação – mas vontade pela vida.

Pouco tempo depois de o desenhista ter-me deixado e, num acesso ainda para mim inexplicável, decidi enfrentar a frio os dias depressivos, as manhãs de chuva, em que me obrigava a sair da cama e me vestir para o trabalho. A frio – sem qualquer tipo de química, sem Doralice e suas incômodas certezas, as acusações. Não contara a Samir, não contara a ninguém. Nem a Horácio, um homem com quem eu andava saindo. Motorista de táxi.

Também cheguei a sentir vontade de deixar algum rastro, quis engravidar, parar com os anticoncepcionais; jogar fora as caixas como fizera com as de antidepressivos. Ainda daria tempo? Dali a pouco seria a menopausa, não convinha arriscar. Abusar.

Naquela manhã de tíbio sol, reparei que o medo, ele também, era um fio solto que eu espanejara antes de ir para a rua. O visgo do medo; o meu era um medo úmido, pegajoso. Até do escuro eu tinha medo, minha mãe me conduzia pela mão: "Vamos, Flavinha, te levo até o quarto. Mas cuidado, não faça barulho para não acordar suas irmãs."

Fazia anos que eu não falava com Cristina. Ela também não parecia fazer questão – era Maria Célia que tentava nos juntar nos Natais, puxava aqueles assuntos rasos, empurrava-nos uns sorrisos; seu risinho educado lembrava o riso de meu avô. Os filhos de Maria Célia já tinham outros filhos, e uma vez por ano minha casa parecia uma creche. Eu detestava o Natal; era para mim apenas uma ocasião para consumir mais uísque. O desenhista tinha resolvido ir naquele ano – o desenhista e Cristina trocando presentes em minha casa, presentes e beijos, sorrisos. Eu evitava olhá-los, mas o casal parecia não perceber meu constrangimento. Ou importar-se. Eu devia ser para o desenhista a anfitriã generosa, a pródiga ex.

Mas era apenas preguiça. Minha vida era um suceder de horas, dias, Natais. Daria trabalho proibir a pécora e o adúltero de entrar em minha casa. Em minha festa cinérea. A fidelidade ao amor-próprio me custaria a lassitude a que me habituara, e eu preferia não pagar.

O passeio à praia na manhã insone era como uma ponte, um despertar – lembrei-me de Cristina e do desenhista nesse passeio? Não sei; não sei, mas lembrei o passeio em minha conversa de ontem. Com Samir. Os remédios, a memória rasteira, as espessas lembranças, a esperança. Os fiapos do medo. Tinha lhe telefonado, afinal, pedido desculpas pelo avançado da hora, confessado que estava prestes a ceder e voltar ao abismo. A não ser que ele me ajudasse, puxasse. Mas seria difícil – lhe avisei. A estrada era íngreme e meus pés, escorregadios. Samir veio, porém. Mas já era tarde – a carta fizera seu estrago, me devolvera o hábito antigo de querer anestesiar tudo, mitigar as investidas do chicote da memória e acomodar o passado na gaveta segura do esquecimento. Seria melhor, Samir!

– Você precisa voltar àquele dia, Flávia – ele insistiu. Estávamos na praia, como no passeio lembrado. Era quase meia-noite, Samir caminhava descalço, os pés manchados de veias interrompendo o ciclo da espuma, afundando a areia negra. O céu engolido pelo tapete aquoso era negro também.

Não, Samir, voltar àquele dia não posso. Não posso.

21

Depois de girar a chave e dar a primeira volta para destrancar a porta, refleti que não podia abri-la sem saber quem estava lá fora. Como não havia olho mágico, subi novamente as escadas até chegar ao topo, de onde era possível empurrar o vitral e, se desse sorte com o ângulo, vislumbrar a pessoa que estava lá embaixo esperando.

Fiquei na ponta dos pés e vi o homem magro, de calça jeans e rabo de cavalo. Estava de costas. É o desenhista – falei para dentro, respirando com cuidado. Mas Samir recomendara que eu não deixasse a imaginação pregar peças: "Você só enlouquece se quiser, Flavinha", ele dissera.

Mas por que eu passara todos esses anos desnutrindo a esperança de que o desenhista pudesse voltar para mim? Se um dia tínhamos nos amado, não era impossível que ele cavasse os sentimentos e encontrasse algum resquício – pedra, detrito ou poeira – de amor por mim.

– Recomeçar, Flávia, é a única coisa de que você precisa.

Eu sei, Samir, pensei e olhei para ele, achando engraçados seus óculos respingados de sereno e maresia. Estava com as calças dobradas à altura do joelho, deixando à mostra as canelas finas. Chamou-me para molhar os pés, mas minhas meias eram grossas, e a água, fria. O pianista puxou-me até um bar da avenida Atlântica, decretou que nos sentássemos e brindássemos àquele recomeço; era noite de sábado, e as fobias urbanas não teriam levado todos os boêmios a um sono precoce:

— Vamos ao bar do Jorge, a essa hora a Solange ainda deve estar cantando — Samir calculou, com o olhar preso ao pisca-pisca amarelado do semáforo.

Fez-me entrar no bar de azulejos velhíssimos e no túnel estragado da infância. Implorei que me deixasse em paz.

— Preciso ir dormir — expliquei a ele. — Me deixa ir embora, Samir, queria só contar a você da carta.

— Carta?

Eu já dissera a ele, não prestara atenção — eu tinha recebido uma carta mais cedo, antes de ir à apresentação comemorativa de seus vinte e cinco anos de carreira, mas apenas quando cheguei em casa, à noite, a li.

— Eu sei disso, filha, mas você não falou que era uma carta importante.

— Falei que era uma carta de minha irmã.

— Sua irmã sempre te escreve, Flávia! Cartas ou e-mails, não sei, mas vocês sempre se comunicam! O que tem de novidade nisso?

— Não foi carta de Maria Célia, Samir. Foi de Cristina.

Baixei a cabeça – a dor iria voltar, a tontura. Como se eu ainda estivesse dependente da química de Doralice, de suas constatações e diagnósticos. A carta tinha notícias do desenhista, fui avisando.

– Coisa irritante, isto de você ainda falar nesse homem! – vociferou Samir, pedindo dois chopes ao garçom sonolento. Ao fundo, a amiga cantora testava o microfone com os dedos, iria voltar ao palco, o pianista já esperava com a partitura empertigada na madeira escurecida.

– Pede para sua amiga te deixar dar uma canja no piano – sugeri. Samir não gostou; então eu não estava prestando atenção à conversa? Ficava olhando para os quatro cantos do restaurante e não o escutava.

– Mas você toca melhor que esse homem, pede à Solange para cantar um Gershwin com você.

– Esse homem é o Carlinhos, Flávia, você se lembra do que eu te disse sobre o Carlinhos, o especialista em Villa-Lobos?

Não lembrava, mas compreendi a bronca. Samir não me dava broncas quando era aluno de minha mãe, tratava-me com afeição. Eu punha a almofada no chão da sala e passava as manhãs ociosas ouvindo as lições de Samir. Minha mãe gostava do resultado, comentava:

– Está desenvolvendo bem, Samir, podíamos ver uma vaga para você na Escola Nacional de Música.

Samir atalhava, que não poderia, iria servir o Exército. Um dia ele chamou minha mãe da porta, não entrou.

Fiquei no alto da escadaria, trepada numa banqueta, olhando através do vitral.

– Vou ter que parar, dona Eleonora – ele declarou, trazendo numa das mãos uma rosa e na outra, um pequeno embrulho.

– O quê? – assustou-se minha mãe, franzindo a testa e pondo as mãos na cintura. Ela estava de avental, ia me fazer um bolo. Fiquei com medo, pois não costumava vê-la aborrecida. – Você não para os estudos nem sobre o meu cadáver, Samir Alexandre!

Numa voz muito baixa, ele esclareceu que o pai queria vê-lo na carreira militar, da mesma forma que os outros irmãos. Como não era aluno universitário, não haveria escapatória. Ou desculpa.

– Estamos em novembro, meu filho, inscreva-se num vestibular agora mesmo. Flavinha, onde está o catálogo telefônico?

Desci os degraus pulando de curiosidade. Fiquei com vergonha de cumprimentar Samir, fui procurar o catálogo. Entreguei-o à minha mãe, mas Samir sacudiu as mãos, balançando a rosa e o embrulho, e anunciou, peremptório, que não seria necessário buscar telefones de universidades – ele já estava decidido.

– Não para não, Samir, você é o melhor aluno de minha mãe.

Ele ficou me olhando, abaixou-se e ofereceu-me um sorriso triste. Depois estendeu a mão, a do embrulho.

– Isto aqui é para você – falou. E deu a rosa para minha mãe.

Rasguei o papel de presente, estampado com pequeninas margaridas, e abri a caixa. Procurei disfarçar a decepção, mas não consegui. Samir não tinha me dado um brinquedo ou um chocolate, como eu secretamente desejara, mas uma miniatura de piano, feita de porcelana branca e preta. Minha mãe reparou meus olhos desapontados, censurou-me os maus modos:

— Agradece ao Samir, Flávia, olha como ele foi atencioso, te deu um pianinho lindo.

"Mas eu não toco", pensei. Samir disse alto:

— Sei que você vai tocar um dia. Vai ser uma grande pianista!

Pegou-me no colo e depois abraçou minha mãe, acho que chorava. Três meses depois, entretanto, Samir estava matriculado na faculdade de música da Universidade Federal do Rio de Janeiro, de onde saiu mestre e integrante da orquestra da cidade. Acho que nunca chegou a vestir uma farda.

— Está me ouvindo, Flávia? — perguntou ele, fazendo um redemoinho em meus cabelos pintados de louro mas com raízes grisalhas. — Quero que você preste atenção, estou dizendo que é uma coisa irritante você ainda falar naquele homem.

— Não sou eu, quem falou nele foi Cristina.

— E o que foi que ela disse?

Parei de roer uma unha para pegar a tulipa de chope. Estava amargo e morno.

– Quer saber de uma coisa, Flávia? Não me interessa o que sua irmã disse sobre esse cara, esse "desenhista". E, aliás, por que você não fala o nome dele? Fica dizendo desenhista, desenhista, como se ele fosse grande coisa. Um grande artista. Como é o nome dessa porra, mesmo? Rodrigo, Rosemar? Rolando?

Encarei-o, sem responder. Olhei o relógio, pensei no domingo que vinha chegando, implacável. Eu já tinha dado o telefonema, o outro. Já tinha selado a sorte, e me caberia assumir minha escolha e abrir a porta, na manhã seguinte, para o resultado.

22

— É o desenhista! – repeti, ofegante, com o nariz no parapeito arredondado e imundo. Precisava limpar aquela casa, remover as crostas, as teias de aranha, o limo. Esfreguei os olhos, bafejei nas costas da mão: ainda o gosto do uísque, do chope tomado com Samir, depois do uísque puro, sem companhia alcoólica ou humana. Era preciso organizar os pensamentos, cavoucar aos poucos a neblina, respirar. Pensei em ir à cozinha e coar um café, tomá-lo fresco, sem leite e sem açúcar. Roberta fazia isto para curar minhas ressacas; ficávamos com vergonha de minha avó.

Comecei a rir em meio ao delírio – como poderia ser o desenhista, lá embaixo, de calça jeans, rabo de cavalo e o dedo sujo de nanquim tocando a campainha, fazendo ruídos? Não! Samir, Samir, venha me salvar, estou ficando louca e não tenho antídotos!

O telefone tocou. Era o celular; não me lembrava de ter dormido com ele ligado. Despertei do torpor, senti uma súbita vergonha, uma vergonha despida, como fruta sem casca, inteiramente melada e úmida oferecendo-se ao ar.

"Preciso voltar a ser dona de mim", decidi, afastando-me do vitral e voltando ao quarto, o celular deveria estar sobre o tapete, talvez esquecido num cinzeiro, ou sobre o vaso sanitário. Olhei antes de abrir as folhas do aparelho, descascá-lo – era Samir, devia estar preocupado comigo.

Escolhi não atender. Nem o telefone nem a porta. Àquela altura, o visitante vestido de desenhista já deveria ter ido embora; ainda chovia? Senti fome, seria bom fazer descer pela faringe algo que não fosse líquido e cortante. Vovó diria, "precisa comer pão e feijão, essa menina, só ingere porcarias".

Desci novamente as escadas, só que iria direto à cozinha; a campainha que se danasse. Também não estava tocando mais. No último degrau, porém, percebi os flocos embranquecidos, entrelaçados. Estava chegando, outra vez; a neblina. Melhor seria aumentar a dose do uísque, triplicá-la, até que os neurônios, principalmente os da memória, nadassem pelas densas ondas brancas; afogassem?

Apalpei a roupa, em busca dos bolsos; queria um cigarro. Mas estava com a blusa da véspera, tinha dormido vestida, levei um susto ao dar com a saia de viscose toda amarrotada. Fui andando até a cozinha, e a névoa foi atrás de mim. Precisava não pensar; coaria o café, comeria o pão. Depois descansaria; tudo estaria resolvido depois.

O coração preguiçoso acordou num sobressalto, pus a mão no peito, para sossegá-lo – a campainha soava pela quarta ou quinta vez. Era insistente meu visitante da hora de almoço de domingo. Voltei a mim, desguarnecida da neblina e por fim lúcida: eu tinha de abrir a porta, do lado de fora estava minha salvação! Saí da cozinha quase correndo, cheguei à porta fazendo barulho, puxando os trincos com força, que a casa ficasse estridente: ele não podia ir embora!

Mas Samir tinha dito ontem: "Flávia, não!" Parei, com os dedos já girando a chave central. Mas, se não aceitasse a salvação de fora, que me esperava ali, de rabo de cavalo e guarda-chuva, de onde ela viria?

Encostei a testa à madeira da porta. Era velha e ainda perfumada. Quantos cheiros tinham-se misturado ali ao longo dos anos? O jacarandá ainda fresco da marcenaria, depois os temperos, os cigarros. O cuspe. Quando Cristina me deixou, naquela noite da confissão, e foi encontrar-se com meu desenhista, cuspi na porta sem raciocinar. Cristina não viu, e eu tive de limpar meu próprio detrito, fui pegar um pano, umedeci com uísque. Minha irmã partiu para sua vida roubada à minha, mas aquela noite ficou, como tocada a manivela, hora após hora.

E se fosse o desenhista a pessoa que estava ali fora me esperando? Como assim, "se fosse o desenhista?". Era o desenhista! Um homem me procurando domingo ao meio-dia, usando o cabelo preso, o mesmo cabelo, o mesmo guarda-chuva. Eu tinha visto o guarda-chuva? Empurrei a cabeça contra a porta com mais força, o celular soou lá em cima outra vez. "Me deixe em paz, Samir, me deixe em paz."

Resolvi abrir a porta para o desenhista. A primeira coisa que eu diria era que senti saudades, muitas saudades. E que o perdoava.

– Flávia Maria, é a Flávia Maria que está aí? – perguntou a voz. Tão parecida com a do desenhista! Uma voz jovem, bem encorpada.

Diria a ele que compreendia sua aventura com minha irmã, afinal éramos todos humanos. Eu também enganara Horácio, meu último namorado; saíra com um cliente do escritório, tinha sido até interessante, tomamos chope na avenida Atlântica, ele me convenceu a provar mariscos, detesto mariscos. Mas o molho era bom, de pimenta, me parece.

– Por gentileza, Flávia Maria se encontra?

Forcei mais um pouco a testa contra a madeira anciã, raspei a pele. Os primeiros pingos de sangue devem ter-se fundido aos cheiros amalgamados durante os séculos, à seiva virgem de quando o jacarandá ainda possuía raízes.

Respondi, afinal:

– Estou sim, só um minuto, por favor. É que eu não estava encontrando a chave.

Como poderia ser o desenhista? Como, depois da carta?

"Cara Flávia,

Não queria dizer o que preciso dizer.

Rômulo está morto. Morreu dormindo, acho que você sabia que ele estava doente.

Não quero que você me interprete mal, Flávia, mas gostaria de dizer que você também tem culpa. Sim, você tem culpa! Por ter deixado que eu roubasse Rômulo de você, por não ter brigado comigo, arranhado meu rosto igual fazíamos quando éramos meninas! E também por tê-lo deixado ir embora.

Por que você era fria com ele? Rômulo disse que uma vez pediu que você posasse para ele – ia fazer um nanquim seu, me parece – e você disse que não queria, que seu rosto não ficaria bem num quadro dele. Como assim, Flávia? Você quis dizer que ele não era artista suficiente para você?

Agora também não importa. Perdemos, Flávia, eu e você. E não tem mais volta.

Queria pedir perdão a você, mas não sei se realmente errei, se erramos. Apenas seguimos nosso coração. No fundo achávamos que você não ligava tanto assim.

O enterro foi na quinta-feira, desculpe-me não ter ligado, também não daria tempo de você voar até aqui.

Quando eu voltar ao Brasil, se você estiver de acordo, passo aí em sua casa, irei também visitar Maria Célia. A temporada no Carnegie Hall termina em outubro, devo chegar na primeira ou segunda semana de novembro.

Os melhores votos de sua irmã,

Cristina."

23

Mais uma vez, Samir Alexandre! E os dedos esbranquiçados e peludos investiam contra as teclas, com menos raiva do que obstinação. Minha mãe queria que ele acertasse, era um Beethoven novo, e havia barreiras aparentemente intransponíveis. Eles se comunicavam como se as pequeninas hastes e bolotas negras estivessem acopladas a suas vozes:

"Não está vendo que isto é clave de fá, Samir Alexandre?"

"Agora é uma fermata, o que você está fazendo com esse dedo aí no bemol?"

"Esqueceu-se de novo das tercinas? Flávia, vá lá trazer a palmatória!"

Com a cabeça na almofada, eu largava o caderno de desenho e começava a rir. Samir ria também, e minha mãe acabava dando um intervalo, pedia para vovó servir café com broa. Eu os seguia até a mesa, esperava os biscoitos que minha avó besuntava de manteiga para mim, ia rabiscando com meus gizes de cera. Uma vez quis saber se Samir não ficava muito cansado das aulas. Pus a mão na boca, de onde voaram alguns farelos, e lhe perguntei, num cochicho:

— Por que você não pede para minha mãe fazer um recreio, igual tem na escola?

Ele passou a mão em minha cabeça e disse que na vida só conseguia algum sucesso quem era esforçado, e que era preciso insistir, sempre insistir.

— Mas você repete a mesma lição um monte de vezes! Eu até sei de cor, escuta! Plam, plam, plam...

— Flavinha, você vai entender quando começar a tocar — ele prometeu, limpando minha boca com um guardanapo, que saiu úmido de manteiga.

Fiquei quieta mas disse a mim mesma que não tocaria, pois dava muito, muito trabalho.

— Tudo o que vale a pena nessa vida dá algum trabalho, Flavinha — ele resumiu, bebendo muito devagar a espuma do chope. Estiquei meus pés sob a mesa de ferro; pensei na carta, no dia seguinte, no domingo que seria infinito. E lhe confessei o que não tinha tido coragem de dizer, durante a caminhada na praia:

— Samir, liguei para a farmácia. Eles vão entregar amanhã.

Ele baixou a cabeça, balançou-a para os lados, lamentando minha decisão. Tinha compreendido que eu iria, depois de anos de limpeza, voltar a tomar os remédios psiquiátricos.

— Mas você não está tão bem, Flávia? Curada?

Era o momento de contar a ele. Levei a mão à boca, reprimi o soluço, o pranto, o grito.

– Rômulo morreu, Samir!

– Quem é Rômulo?

– O desenhista, merda!

Samir arrastou a cadeira, que virou e caiu no chão, com estrépito. Ele ignorou a careta do garçom, veio agachar-se a meu lado, me abraçou. Disse que estava ali para me dar apoio.

– Você não precisa tomar remédio não, filha, essa dor irá embora sozinha, escutou? Para isso você só tem que fazer uma coisa...

Apertei os olhos, como se quisesse travar os ouvidos. Ia ser agora; a agulha, comprida como uma serpente, seria enterrada em meu peito, não haveria meios, não agora, de adiar a dor. O corte.

– Tem que voltar àquele dia.

Merda, merda, merda. Por que fui procurar Samir, e logo num final de noite estéril como aquele? Que tivesse ficado em casa, que me banhasse em uísque, dormisse sobre meu próprio vômito. Samir não conseguiria esfregar uma borracha nas palavras da carta, não traria o desenhista de volta a meus braços; para que então eu tinha ido procurá-lo, para que os chopes num bar quase fechando, a caminhada na praia umbrosa, a conversa trivial e fútil com o vento escapando do mar e vindo açoitar meu rosto?

– Como assim, Samir, voltar a que dia?

– Você sabe.

– Não sei, que porra você está dizendo, droga? Eu não estou entendendo, ouviu? Não estou entendendo nada.

– Já falei com você que seus problemas têm a raiz no trauma, o maior de sua vida. Você fica aí se culpando pela morte dos seus pais. Eles já se foram, Flávia, e você irá também, um dia.

Sacudi a cabeça, empurrei o copo para o meio da mesa, pedi a ele que fôssemos embora. Havia menos de uma hora que eu tinha sabido da morte do desenhista; seria impraticável torturar-me ainda na mesma noite. Na mesma interminável noite.

– Não vou voltar a dia nenhum não. Fiquei anos na Doralice e não precisei falar nisso.

– Você pagou aquela mulher para ela te fazer de doida, ficava dizendo que você tinha ligado para ela, lembra?

– Olha aqui, Samir...

– Diz, Flávia, só uma vez, o que, afinal, você falou com sua mãe e seu pai aquele dia, antes de eles irem ao casamento. Eu não sou psicólogo, mas acredito que possa te fazer bem.

– Não quero...

– Faz uma tentativa. Eu espero, pode demorar, você pode chorar, eu não me importo. Hoje reservei a noite para estarmos juntos, você foi lá na orquestra comigo, comemorou meu meio jubileu de carreira...

– Não vou falar, Samir...

– Temos estado juntos nos bons e nos maus momentos...

– Não quero.
– Faz um esforço.
– Não posso.
Não consigo. Deixa eu ir embora, Samir! Lembrei-me do fogo, de minhas pernas amolecendo e sendo engolidas pelo solo; eu não conseguiria correr, e ele me apanharia pelas costas, o incêndio. Eles estavam tão arrumados! Ele, de terno cinzento, e ela, de azul, azuis os sapatos, comprou tudo combinando! Aquele rosto na extremidade do corpo irreconhecível era o dela? O jornal não teria adulterado a foto? "Um caminhão em alta velocidade..." Apanharam tudo, os ratos. Escalavraram-se pelo asfalto, andaram descalçados sobre os cacos, os escombros, para apanhar os detritos. Os restos. "... um carregamento de perecíveis tombou pela estrada, os passantes disputaram..." Seus pais faleceram num acidente de carro. Chamar a ambulância, o padre, onde estava a Bíblia, o texto que falava em ressurreição da carne? Vó, preciso ir à missa, vou à missa, preciso me confessar, o padre Rodolfo teria um horário? Mãe, acabei de matar meu filho, está me ouvindo? Está me ouvindo?
– Está me ouvindo, Flávia?
– Quero que vocês dois morram, nunca mais quero ver vocês na vida!

Epílogo

O garçom olhou para mim, fez sinal a Samir que me traria o porta-guardanapos. Eu estava engasgando em meus próprios soluços. Ainda agachado a meu lado, sobre o piso de tábuas corridas, Samir esticou o braço, apanhou um guardanapo de papel, passou em meus olhos. Pediu que eu continuasse chorando, pois iria fazer bem.

    O garçom esperou, educado, alguns minutos antes de baixar a porta de ferro, depois foi apanhar um rodo com o pano de chão na ponta. Um odor de pinho subiu devagar até minhas narinas. Levantei-me e chamei Samir para ir embora, a cantora e o pianista tinham acabado de se despedir dele, de longe, não quiseram interromper. O garçom ergueu a porta de ferro até o meio, aproveitamos e saímos também, Samir tinha deixado o pagamento sobre a mesa.

    Só haveria ônibus para mim dali a algumas horas; Samir ficou perambulando pela praia comigo, resolveu que iríamos ver o nascer do sol. Depois eu voltaria para casa, depois decidiria.

    — Sei que você já ligou para a farmácia, já pediu os remédios, mas se quiser pode mandar tudo de volta — ele simplificou, sentando-se na areia. Puxou minha mão, sentei-me também, com um pouco de arrependimento; o sal estragaria minha saia, minhas botas de camurça.

Ponderei que mandar os medicamentos de volta não seria justo com o estabelecimento, com o entregador. Além do mais, eles só tinham aceitado porque eu era freguesa antiga; tinha passado anos estufando a féria da farmácia, levando as receitas de Doralice, que ficavam retidas para controle interno. Agora mandariam entregar num domingo os ansiolíticos, psicotrópicos, antidepressivos, alguns de tarja vermelha, outros, preta, e eu precisaria apresentar a receita e o cheque; como recusaria? Como fingiria que a campainha não teria tocado?

– Você apresenta a receita, paga, e não toma. Melhor pagar e não se dopar do que pagar e ainda se entupir de química. E aliás, como você conseguiu a receita se saiu daquela mulher há anos?

Eu tinha meus métodos, expliquei-lhe, afundando as mãos na areia. Um palito de picolé emergiu, apanhei-o e atirei-o à água. O vento não o deixou chegar.

– Então pronto, é ainda mais fácil – animou-se Samir. – Você apresenta essa receita adulterada aí, paga, e depois a gente volta aqui em Copacabana, joga tudo no mar. Feito uma oferenda. Não tem esse negócio de oferenda a Iemanjá, que você faz todo ano?

– Eu? Iemanjá?

Comecei a rir.

E agora ria também, com a cabeça enterrada na porta. "Por que não retoma o curso de arquitetura?", Samir tinha sugerido, quando o preto se rasgou e surgiu a primeira nesga de sol. Ele não sabia, mas eu já cochilava; tinha posto a mochila dele sobre a areia, a fizera de travesseiro.

Ri ainda, sentindo mais forte meu hálito de uísque, de cigarro. Quarenta anos, e universitária!
– Flávia Maria se encontra?
A voz lá fora revestiu-se de um levíssimo tom de irritação. O rapaz talvez xingasse, em silêncio, e maldissesse a hora em que a farmácia o obrigara a enfrentar a chuva e a sonolência para entregar um caminhão de química a uma senhora de meia-idade. O caminhão – lembrei-me dos detritos na estrada; tinham disputado os pedaços, os restos. Os ratos.

Girei a chave, dei a segunda volta. Todos os trincos estavam livres. Lembrei de repente o nascer do sol a que tinha assistido, ao menos em pensamento, algumas horas antes. Eu dormia, mas Samir tinha aguardado; era fiel. Confiável.

Fechei os olhos e fui desenhando-o, o nascer do sol imaginado, na lousa da memória que subia o morro carregando suas malas, saudando-me e desculpando-se pelo atraso; juntei os tons alaranjados, raspei o giz vermelho, esfumacei para dar um efeito sutil, pedi emprestado à minha mãe o turquesa de seu vestido para o céu, o tom escurecido dos sapatos para o mar, era cedo e era frio! O frio de começo que carregam consigo todas as manhãs. Depois o amarelo, o dourado do sol, que deve ter vindo, aos poucos, passo a passo, como se descesse as escadas, os degraus.

Lembrei minha própria risada – palmatória, mãe? Mas ele é tão bom aluno! E vieram juntas todas as cores – as infindáveis inflexões do dourado e o marrom do doce de leite, o milho perfumado do bolo, venha lanchar, Flavinha! Você também é boazinha, minha filha. Só precisa ser mais estudiosa, tão melhores que podem ser essas notas!

Vou melhorar, mãe, prometi.

E abri a porta.

Este livro foi impresso na Editora JPA Ltda.,
Av. Brasil, 10.600 – Rio de Janeiro – RJ,
para a Editora Rocco Ltda.